# Emília no País da Gramática

Título – Emília no País da Gramática
Copyright da atualização © Editora Lafonte Ltda. 2019
ISBN 978.85-8186-426-6
Todos os direitos reservados.
Nenhuma parte deste livro pode ser reproduzida por quaisquer meios existentes
sem autorização por escrito dos editores e detentores dos direitos.

Direção Editorial  *Ethel Santaella*

REALIZAÇÃO

**GrandeUrsa Comunicação**

Direção  *Denise Gianoglio*
Atualização de textos e Revisão  *Paulo Kaiser*
Projeto Gráfico e Diagramação  *Idée Arte e Comunicação*
Ilustrações  *Jótah*

Em respeito ao estilo do autor, foram mantidas as preferências
ortográficas do texto original, modificando-se apenas os vocábulos
que sofreram alterações nas reformas ortográficas.

Dados Internacionais de Catalogação na Publicação (CIP)
(Câmara Brasileira do Livro, SP, Brasil)

```
Lobato, Monteiro, 1882-1948
   Emília no país da gramática / Monteiro Lobato ;
ilustrado por Jotah. -- São Paulo : Lafonte, 2019.

   ISBN 978-85-8186-426-6

   1. Conto 2. Literatura infantojuvenil I. Jotah.
II. Título.

19-32050                                      CDD-028.5
```

Índices para catálogo sistemático:

1. Literatura infantil    028.5
2. Literatura infantojuvenil    028.5

Maria Alice Ferreira - Bibliotecária - CRB-8/7964

**Editora Lafonte**
Av. Profª Ida Kolb, 551, Casa Verde, CEP 02518-000, São Paulo-SP, Brasil Tel.: (+55) 11 3855-2100
Atendimento ao leitor (+55) 11 3855- 2216 / 11 – 3855 - 2213 - atendimento@editoralafonte.com.br
Venda de livros avulsos (+55) 11 3855- 2216 - vendas@editoralafonte.com.br
Venda de livros no atacado (+55) 11 3855-2275 - atacado@escala.com.br

Impressão e Acabamento
Gráfica Oceano

# MONTEIRO LOBATO

Ilustrado por

## Emília no País da Gramática

Lafonte

# SUMÁRIO

- **Uma ideia da Senhora Emília**..................8
- **Portugália** ...................17
- **Gente importante e gente pobre** ............24
- **Em pleno mar dos Substantivos** ............30
- **Entre os Adjetivos** ..................39
- **Na casa dos Pronomes** ..................46
- **No acampamento dos Verbos** ..............51
- **Emília na casa do Verbo Ser** ..................58

- A tribo dos Advérbios ...............................64
- As Preposições ..........................................68
- Entre as Conjunções ................................70
- A Casa da gritaria ....................................72
- A Senhora Etimologia .............................76
- Uma nova Interjeição .............................81
- Emília forma palavras ............................86
- O susto da velha .....................................92
- Gente de fora ..........................................98

- Nos domínios da Sintaxe ....................... 104
- As Figuras de Sintaxe ............................111
- Os Vícios de Linguagem ........................114
- As Orações ao ar livre ..........................121
- Exame e Pontuação ..............................126
- E o Visconde? .....................................132
- Passeio ortográfico ..............................138
- Emília ataca o reduto etimológico .......... 144
- Epílogo ..............................................156

# UMA IDEIA DA SENHORA EMÍLIA

Dona Benta, com aquela paciência de santa, estava ensinando Gramática a Pedrinho. No começo Pedrinho rezingou.

— Maçada, vovó. Basta que eu tenha de lidar com essa caceteação lá na escola. As férias que venho passar aqui são só para brinquedo. Não, não e não...

— Mas, meu filho, se você apenas recordar com sua avó o que anda aprendendo na escola, isso valerá muito para você mesmo quando as aulas se reabrirem. Um bocadinho só, vamos! Meia hora por dia. Sobram ainda vinte e três horas e meia para os famosos brinquedos.

Pedrinho fez bico, mas afinal cedeu; e todos os dias vinha sentar-se diante de Dona Benta, de pernas cruzadas como um oriental, para ouvir explicações de Gramática.

— Ah, assim, sim! — dizia ele. — Se meu professor ensinasse como a senhora, a tal Gramática até virava brincadeira.

Mas o homem obriga a gente a decorar uma porção de definições que ninguém entende. Ditongos, fonemas, gerúndios...

Emília habituou-se a vir assistir às lições, e ali ficava a piscar, distraída, como quem anda com uma grande ideia na cabeça.

É que realmente andava com uma grande ideia na cabeça.

— Pedrinho — disse ela um dia depois de terminada a lição —, por que, em vez de estarmos aqui a ouvir falar de Gramática, não havemos de ir passear no País da Gramática?

O menino ficou tonto com a proposta.

— Que lembrança, Emília! Esse país não existe, nem nunca existiu. Gramática é um livro.

— Existe, sim. O rinoceronte[1], que é um sabidão, contou-me que existe. Podemos ir todos, montados nele. Topa?

Perguntar a Pedrinho se queria meter-se em nova aventura era o mesmo que perguntar a macaco se quer banana.

Pedrinho aprovou a ideia com palmas e pinotes de alegria, e saiu correndo para convidar Narizinho e o Visconde de Sabugosa. Narizinho também bateu palmas — e se não deu pinotes foi porque estava na cozinha, de peneira ao colo, ajudando Tia Nastácia a escolher feijão.

— E onde fica esse país? — perguntou ela.

— Isso é lá com o rinoceronte — respondeu o menino. — Pelo que diz a Emília, esse paquiderme é um grandessíssimo gramático.

— Com aquele cascão todo?

— É exatamente o cascão gramatical — asneirou Emília, que vinha entrando com o Visconde.

Os meninos fizeram todas as combinações necessárias, e no dia mar-

---

[1] Essa ilustre personagem aparece pela primeira vez no livro *Caçadas de Pedrinho*.

cado partiram muito cedo, a cavalo no rinoceronte, o qual trotava um trote mais duro que a sua casca. Trotou, trotou e, depois de muito trotar, deu com eles numa região onde o ar chiava de modo estranho.

— Que zumbido será esse? — indagou a menina. — Parece que andam voando por aqui milhões de vespas invisíveis.

— É que já entramos em terras do País da Gramática — explicou o rinoceronte. — Estes zumbidos são os SONS ORAIS, que voam soltos no espaço.

— Não comece a falar difícil que nós ficamos na mesma — observou Emília. — Sons Orais, que pedantismo é esse?

— Som Oral quer dizer som produzido pela boca. A, E, I, O, U são Sons Orais, como dizem os senhores gramáticos,

— Pois diga logo que são letras! — gritou Emília.

— Mas não são letras! — protestou o rinoceronte. — Quando você diz A ou O, você está produzindo um som, não está escrevendo uma letra. Letras são sinaizinhos que os homens usam para representar esses sons. Primeiro há os Sons Orais; depois é que aparecem as letras, para marcar esses Sons Orais. Entendeu?

O ar continuava num zunzum cada vez maior. Os meninos pararam, muito atentos, a ouvir.

— Estou percebendo muitos sons que conheço — disse Pedrinho, com a mão em concha ao ouvido.

— Todos os sons que andam zumbindo por aqui são velhos conhecidos seus, Pedrinho.

— Querem ver que é o tal alfabeto? — lembrou Narizinho. — E é mesmo!... Estou distinguindo todas as letras do alfabeto...

— Não, menina; você está apenas distinguindo todos os sons das letras do alfabeto — corrigiu o rinoceronte com uma pachorra igual à de Dona Benta. — Se você escrever cada um desses sons, então, sim; então surgem as letras do alfabeto.

— Que engraçado! — exclamou Pedrinho, sempre de mão em concha ao ouvido. — Estou também distinguindo todas as letras do alfabeto: o A, o C, o D, o X, o M...

O rinoceronte deu um suspiro.

— Mas chega de sons invisíveis — gritou a menina. — Toca para diante. Quero entrar logo no tal País da Gramática.

— Nele já estamos — disse o paquiderme. — Esse país principia justamente ali onde o ar começa a zumbir.

Os sons espalhados pelo ar, e que são representados por letras, fundem-se logo adiante em SÍLABAS, e essas Sílabas formam PALAVRAS — as tais palavras que constituem a população da cidade onde vamos. Reparem que entre as letras há cinco que governam todas as outras. São as Senhoras VOGAIS — cinco madamas emproadas e orgulhosíssimas, porque palavra nenhuma pode formar-se sem a presença delas. As demais letras ajudam; por si mesmas nada valem.

Essas ajudantes são as CONSOANTES e, como a palavra está dizendo, só soam com uma Vogal adiante ou atrás. Pegue as dezoito Consoantes[2] do alfabeto e procure formar com elas uma palavra. Experimente, Pedrinho.

Pedrinho experimentou de todos os jeitos, sem nada conseguir.

— Misture agora as Consoantes com uma Vogal, com o A, por exemplo, e veja quantas palavras pode formar.

---

2   A reforma ortográfica que está valendo desde 2009 reintroduziu as letras K, W e Y no alfabeto, que passou a ter, então, 21 consoantes.

Pedrinho misturou o A com as dezoito Consoantes e imediatamente viu que era possível formar um grande número de palavras.

Nisto dobraram uma curva do caminho e avistaram ao longe o casario de uma cidade. Na mesma direção, mais para além, viam-se outras cidades do mesmo tipo.

— Que tantas cidades são aquelas, Quindim? — perguntou Emília.

Todos olharam para a boneca, franzindo a testa. Quindim? Não havia ali ninguém com semelhante nome.

— Quindim — explicou Emília — é o nome que resolvi botar no rinoceronte.

— Mas que relação há entre o nome Quindim, tão mimoso, e um paquiderme cascudo destes? — perguntou o menino, ainda surpreso.

— A mesma que há entre a sua pessoa, Pedrinho, e a palavra Pedro — isto é, nenhuma. Nome é nome; não precisa ter relação com o "nomado". Eu sou Emília, como podia ser Teodora, Inácia, Hilda ou Cunegundes. Quindim!... Como sempre fui a botadeira de nomes lá do sítio, resolvo batizar o rinoceronte assim — e pronto! Vamos, Quindim, explique-nos que cidades são aquelas.

O rinoceronte olhou, olhou e disse:

— São as cidades do País da Gramática. A que está mais perto chama-se Portugália, e é onde moram as palavras da língua portuguesa.

Aquela bem lá adiante é Anglópolis, a cidade das palavras inglesas.

— Que grande que é! — exclamou Narizinho.

— Anglópolis é a maior de todas — disse Quindim. — Moram lá mais de quinhentas mil palavras.

— E Portugália, que população de palavras tem?

— Menos de metade — aí umas duzentas e tantas mil, contando tudo.

— E aquela, à esquerda?

— Galópolis, a cidade das palavras francesas. A outra é Castelópolis, a cidade das palavras espanholas. A outra é Italópolis, onde todas as palavras são italianas.

— E aquela, bem, bem, bem lá no fundo, toda escangalhada, com jeito de cemitério?

— São os escombros duma cidade que já foi muito importante — a cidade das palavras latinas; mas o mundo foi mudando e as palavras latinas emigraram dessa cidade velha para outras cidades novas que foram surgindo.

Hoje, a cidade das palavras latinas está completamente morta. Não passa dum montão de velharias.

Perto dela ficam as ruínas de outra cidade célebre do tempo antigo — a cidade das velhas palavras gregas. Também não passa agora dum montão de cacos veneráveis.

Puseram-se a caminho; à medida que se aproximavam da primeira cidade viram que os sons já não zumbiam soltos no ar, como antes, mas sim ligados entre si.

— Que mudança foi essa? — perguntou a menina.

— Os sons estão começando a juntar-se em SÍLABAS, depois as Sílabas descem e vão ocupar um bairro da cidade.

— E que quer dizer Sílaba? — perguntou a boneca.

— Quer dizer um grupinho de sons, um grupinho ajeitado; um grupinho de amigos que gostam de andar sempre juntos; o G, o R e o A, por exemplo, gostam de formar a Sílaba Gra, que entra em muitas palavras.

— Graça, Gravata, Gramática... — exemplificou Pedrinho.

— Isso mesmo aprovou Quindim. — Também o M e o U gostam de formar a Sílaba Mu, que entra em muitas palavras.

— Muro, Mudo, Mudança... — sugeriu a menina.

— Isso mesmo — repetiu Quindim. — E reparem que em cada palavra há uma Sílaba mais emproada e importante que as outras pelo fato de ser a depositária do ACENTO TÔNICO. Essa Sílaba chama-se a TÔNICA.

— O mesmo nome da mãe de Pedrinho!... — observou Emília, arregalando os olhos.

— Não, boba. Mamãe chama-se Tonica e o rinoceronte está falando em Sílaba Tônica. É muito diferente.

— Perfeitamente — confirmou Quindim. — No nome de Dona Tonica a Sílaba Tônica é Ni; e na palavra que eu disse a Sílaba Tônica é o Tô. E na palavra Pedrinho, qual é a Tônica?

— Dri — responderam todos a um tempo.

— Isso mesmo. Mas os senhores gramáticos são uns sujeitos amigos de nomenclaturas rebarbativas, dessas que deixam as crianças velhas antes do tempo.

Por isso dividem as palavras em OXÍTONAS, PAROXÍTONAS e PROPAROXÍTONAS, conforme trazem o Acento Tônico na última Sílaba, na penúltima ou na antepenúltima.

— Nossa Senhora! Que "luxo asiático"! — exclamou Emília. — Bastava dizer que o tal acento cai na última, na penúltima ou na antepenúltima.

Dava na mesma e não enchia a cabeça da gente de tantos nomes feios. Proparoxítona! Só mesmo dando com um gato morto em cima até o rinoceronte miar...

— E há mais ainda — disse Quindim. — As pobres palavras que têm a desgraça de ter o acento na antepenúltima sílaba, quando não são xingadas de Pro-pa-ro-xí-to-nas, são xingadas de Esdrúxulas. As palavras Áspero, Espírito, Rícino, Varíola, etc, são Esdrúxulas.

— Es-drú-xu-las! — repetiu Emília. — Eu pensei que Esdrúxulo quisesse dizer esquisito.

— E pensou certo — confirmou o rinoceronte. — Como na língua portuguesa as palavras com acento na antepenúltima não são muitas, elas formam uma esquisitice, e por isso são chamadas de Esdrúxulas.

E assim conversando, o bandinho chegou aos subúrbios da cidade habitada pelas palavras portuguesas e brasileiras.

# PORTUGÁLIA

Era uma cidade como todas as outras. A gente importante morava no centro e a gente de baixa condição, ou decrépita, morava nos subúrbios. Os meninos entraram por um desses bairros pobres, chamado o bairro do Refugo, e viram grande número de palavras muito velhas, bem corocas, que ficavam tomando sol à porta de seus casebres. Umas permaneciam imóveis, de cócoras, como os índios das fitas americanas; outras coçavam-se.

— Essas coitadas são bananeiras que já deram cacho — explicou Quindim. — Ninguém as usa mais, salvo por fantasia e de longe em longe. Estão morrendo. Os gramáticos classificam essas palavras de ARCAÍSMOS. Arcaico quer dizer coisa velha, caduca.

— Então, Dona Benta e Tia Nastácia são arcaísmos! — lembrou Emília.

— Mais respeito com vovó, Emília! Ao menos na cidade da língua tenha compostura — protestou Narizinho.

O rinoceronte prosseguiu:

— As coitadas que ficam arcaicas são expulsas do centro da cidade e passam a morar aqui, até que morram e sejam enterradas naquele cemitério, lá no alto do morro. Porque as palavras também nascem, crescem e morrem, como tudo mais.

Narizinho parou diante duma palavra muito velha, bem coroca, que estava catando pulgas históricas à porta dum casebre. Era a palavra Bofé.

— Então, como vai a senhora? — perguntou a menina, mirando-a de alto a baixo.

— Mal, muito mal — respondeu a velha. — No tempo de dantes fui moça das mais faceiras e fiz o papel de ADVÉRBIO. Os homens gostavam de empregar-me sempre que queriam dizer Em Verdade, Francamente. Mas começaram a aparecer uns Advérbios novos, que caíram no gosto das gentes e tomaram o meu lugar. Fui sendo esquecida. Por fim, tocaram-me lá do centro. "Já que está velha e inútil, que fica fazendo aqui?", disseram-me. "Mude-se para os subúrbios dos Arcaísmos", e eu tive de mudar-me para cá.

— Por que não morre duma vez para ir descansar no cemitério? — perguntou Emília com todo o estabanamento.

— É que, de quando em quando, ainda sirvo aos homens. Existem certos sujeitos que, por esporte, gostam de escrever à moda antiga; e quando um deles se mete a fazer romance histórico, ou conto em estilo do século XV, ainda me chama para figurar nos diálogos, em vez do tal Francamente que tomou o meu lugar.

— Aqui o nosso Visconde pela-se por coisas antigas — disse a menina. — Conte-lhe toda a sua vida, desde que nasceu.

O Visconde sentou-se ao lado da palavra Bofé e ferrou na prosa, enquanto Narizinho ia conversar com outra palavra ainda mais coroca.

— E a senhora, quem é? — perguntou-lhe.

— Sou a palavra Ogano.

— Ogano? O que quer dizer isso?

— Nem queira saber, menina! Sou uma palavra que já perdeu até a memória da vida passada. Apenas me lembro que vim do latim Hoc anno, que significa Este ano. Entrei nesta cidade quando só havia uns começos de rua; os homens desse tempo usavam-me para dizer Este ano. Depois fui sendo esquecida, e hoje ninguém se lembra de mim. A Senhora Bofé é mais feliz; os escrevedores de romances históricos ainda a chamam de longe em longe. Mas a mim ninguém, absolutamente ninguém, me chama. Já sou mais que Arcaísmo; sou simplesmente uma palavra morta...

Narizinho ia dizer-lhe uma frase de consolação quando foi interrompida por um bando de palavras jovens, que vinham fazendo grande barulho.

— Essas que aí vêm são o oposto dos Arcaísmos — disse Quindim. — São os NEOLOGISMOS, isto é, palavras novíssimas, recém-saídas da fôrma.

— E moram também nestes subúrbios de velhas?

— Em matéria de palavras a muita mocidade é tão defeito como a muita velhice. O Neologismo tem de envelhecer um bocado antes que receba autorização para residir no centro da cidade. Estes cá andam em prova. Se resistirem, se não morrerem de sarampo ou coqueluche e se os homens virem que eles prestam bons serviços, então igualam-se a todas as outras palavras da língua e podem morar nos bairros decentes. Enquanto isso ficam soltos pela cidade, como vagabundos, ora aqui, ora ali.

Estavam naquele grupo de Neologismos diversos que os meninos já conheciam, como Chutar, que é dar um pontapé; Bilontra, que quer dizer um malandro elegante; Encrenca, que significa embrulhada, mixórdia, coisa difícil de resolver.

— Outro dia vovó disse que esta palavra Encrenca é a mais expressiva e útil que ela conhece, de todas que nasceram no Brasil — lembrou Pedrinho.

Depois que os Neologismos acabaram de passar, os meninos dirigiram-se a uma praça muito maltratada, cheia de capim, sem calçamento nem polícia, onde brincavam bandos de peraltas endiabrados.

— Que molecada é esta? — perguntou a menina.

— São palavras da Gíria[3], criadas e empregadas por malandros ou gatunos, ou então por homens dum mesmo ofício. A especialidade delas é que só os malandros ou tais homens dum mesmo ofício as entendem. Para o resto do povo nada significam.

Narizinho chamou uma que parecia bastante pernóstica.

— Conte-me a sua história, menina.

A moleca pôs as mãos na cintura e, com ar malandríssimo, foi dizendo:

— Sou a palavra Cuera, nascida não sei onde e filha de pais incógnitos, como dizem os jornais. Só a gente baixa, a molecada e a malandragem das cidades é que se lembra de mim. Gente fina, a tal que anda de automóveis e vai ao teatro, essa tem vergonha de utilizar-se dos meus serviços.

— E que serviço presta você, palavrinha? — perguntou Emília.

— Ajudo os homens a exprimirem suas ideias, exatamente como fazem todas as palavras desta cidade. Sem nós, palavras, os homens seriam mudos como peixes, e incapazes de dizer o que pensam. Eu sirvo para exprimir valentia. Quando um malandro de bairro dá uma surra num polícia, todos os moleques da zona utilizam-se de mim para definir o valentão. "Fulano é um Cuera!", dizem. Mas como a gente educada não me emprega, tenho que viver nestes subúrbios, sem me atrever a pôr o pé lá em cima.

— Onde é lá em cima?

---

[3] Ao contrário do que ocorria na época de Monteiro Lobato, a gíria deixou de ter conotação negativa e hoje é um recurso legítimo da língua.

— Nós chamamos "lá em cima" à parte boa da cidade; este "lixo" por aqui é chamado "cá embaixo".

— Vejo que você tem muitas companhias — observou Narizinho, correndo os olhos pela molecada que formigava em redor.

— Tenho, sim. Toda esta rapaziada é gentinha da *Gíria*, como eu. Preste atenção naquela de olho arregalado. É a palavra Otário, que os gatunos usam para significar um "trouxa" ou pessoa que se deixa lograr pelos espertalhões. Com a palavra Otário está conversando outra do mesmo tipo, Bobo.

— Bobo sei o que significa — disse Pedrinho. — Nunca foi gíria.

— Lá em cima — explicou Cuera — Bobo significa uma coisa; aqui embaixo significa outra. Em língua de gíria Bobo quer dizer relógio de bolso. Quando um gatuno diz a outro: "Fiz um bobo", quer significar que "abafou" um relógio de bolso.

— E por que deram o nome de Bobo aos relógios de bolso?

— Porque eles trabalham de graça — respondeu Cuera, dando uma risadinha cínica.

Os meninos ficaram por ali ainda algum tempo, conversando com outras palavras da Gíria — e por precaução Pedrinho abotoou o paletó, embora seu paletó nem bolso de dentro tivesse. A gíria dos gatunos metia-lhe medo...

— Por estes subúrbios também vagabundeiam palavras de outro tipo, malvistas lá em cima — disse o rinoceronte apontando para uma palavra loura, visivelmente estrangeira, que naquele momento ia passando. — São palavras exóticas, isto é, de fora — imigrantes a que os gramáticos puseram o nome geral de BARBARISMOS.

— Querem significar com isso que elas dizem barbaridades? — indagou Emília.

— Não; apenas que são de fora. Este modo de classificá-las veio dos romanos, que consideravam bárbaros a todos os estrangeiros. Barbarismo quer dizer coisa de estrangeiro. Se o Barbarismo vem da França tem o nome especial de GALICISMO; se vem da Inglaterra, chamase ANGLICISMO; se vem da Itália, ITALIANISMO — e assim por diante. Os Galicismos são muito maltratados nesta cidade. As palavras nascidas aqui torcem-lhes o focinho e os "grilos"[4] da língua (os gramáticos) implicam muito com eles. Certos críticos chegam a considerar crime de cadeia a entrada dum Galicismo numa frase. Tratam os coitados como se fossem leprosos. Aí vem um.

O Galicismo Desolado vinha vindo, muito triste, de bico pendurado. Quindim apontou-o com o chifre, dizendo:

— Se você algum dia virar poeta, Pedrinho, e cair na asneira de botar num soneto este pobre Galicismo, os críticos xingarão você de mil nomes feios. Desolado é o que eles consideram um Galicismo imperdoável. Já aquele outro que lá vem goza de maior consideração. É a palavra francesa Elite, que quer dizer a nata, a fina flor da sociedade. Veja como é petulantezinha, com o seu monóculo no olho.

— Elite tem licença de morar no centro da cidade? — perguntou o menino.

— Não tinha, mas hoje tem. Já está praticamente naturalizada. Durante muito tempo, entretanto, só podia aparecer por lá metida entre ASPAS, ou em GRIFO.

— Que é isso?

— Aspas e Grifo são os sinais que elas têm de trazer sempre que se metem no meio das palavras nativas. Na cidade das palavras inglesas não é assim — as palavras de fora gozam lá de livre trânsito, podendo apresentar-se sem aspas e sem grifo. Mas aqui nesta nossa Portugália

---

4  Grilos: como eram chamados em São Paulo os guardas policiais das ruas.

há muito rigor nesse ponto. Palavra estrangeira, ou de gíria, só entra no centro da cidade se estiver aspada ou grifada.

— Olhem! — gritou Emília. — Aquela palavrinha acolá acaba de tirar do bolso um par de aspas, com as quais está se enfeitando, como se fossem asinhas...

— É que recebeu chamado para figurar nalguma frase lá no centro e está vestindo o passaporte. Trata-se da palavra francesa SOIRÉE.

Reparem que perto dela está outra a botar-se em grifo. É a palavra BOUQUET...

— Judiação! — comentou Narizinho. — Acho odioso isso. Assim como num país entram livremente homens de todas as raças — italianos, franceses, ingleses, russos, polacos, assim também devia ser com as palavras. Eu, se fosse ditadora, abria as portas da nossa língua a todas as palavras que quisessem entrar — e não exigia que as coitadinhas de fora andassem marcadas com os tais grifos e as tais aspas.

— Mesmo assim — explicou o rinoceronte — muitas palavras estrangeiras vão entrando e com o correr do tempo acabam "naturalizando-se". Para isso basta que mudem a roupa com que vieram de fora e sigam os figurinos desta cidade. Bouquet, por exemplo, se trocar essa sua roupinha francesa e vestir um terno feito aqui, pode andar livremente pela cidade. Basta que vire Buquê...

Perto havia uma elevação donde se descortinava toda a cidade; o rinoceronte levou os meninos para lá.

# GENTE IMPORTANTE E GENTE POBRE

A cidade de Portugália dava a ideia duma fruta incõe — ou de duas cidades emendadas, uma mais nova e outra mais velha. A separação entre ambas consistia num braço de mar.

— A parte de lá — explicou o rinoceronte — é o bairro antigo, onde só existiam palavras portuguesas. Com o andar do tempo essas palavras foram atravessando o mar e deram origem ao bairro de cá, onde se misturaram com as palavras indígenas locais. Desse modo formou-se o grande bairro de Brasilina.

— Compreendo — disse Pedrinho. — Para cá é a parte do Brasil e para lá é a parte de Portugal. Foi a parte de lá, ou a cidade velha, que deu origem à parte de cá, ou a cidade nova.

— Isso mesmo. A cidade nova saiu da cidade velha. No começo isto por aqui não passava dum bairro humilde e malvisto na cidade velha; mas com o tempo foi crescendo e ainda há de acabar uma cidade maior que a outra.

— Vamos percorrer a cidade nova, que é a que mais nos interessa — propôs Narizinho.

Montaram de novo no rinoceronte, que se pôs a trote pelo morro abaixo. Chegados ao sopé, saltaram em terra, porque não seria gentil penetrarem na cidade da língua montados em tão notável gramático.

Oh, ali era outra coisa! Ruas varridas, sem mato e com "grilos" nas esquinas. Grande número de palavras movia-se com muita ordem, andando de cá para lá e de lá para cá, exatinho como gente numa cidade comum.

— Que bairro será esse? — perguntou Narizinho.

— Um muito importante — o bairro dos NOMES, ou SUBSTANTIVOS.

— Que emproados! — observou Emília. — Até parecem as Vogais da terra do alfabeto.

— E são de fato as Vogais das palavras. Sem eles seria impossível haver linguagem, porque os Substantivos é que dão nome a todos os seres vivos e a todas as coisas. Por isso se chamam Substantivos, como quem diz que indicam a substância de tudo. Mas reparem que há uns orgulhosos e outros mais humildes.

— Sim, estou notando — declarou a menina. — Uns não tiram a mão do bolso e só falam de chapéu na cabeça. Outros parecem modestos. Quem são esses prosas, de mão no bolso?

— São os NOMES PRÓPRIOS, que servem para designar as pessoas, os países, as cidades, as montanhas, os rios, os continentes, etc. — Ali vai um — Paulo, que serve para designar certo homem.

— Mas há muitos Paulos — observou Emília.

— Pois esse Nome designa cada um deles, exigindo depois de si um Sobrenome para marcar a diferença entre um Paulo e outro. Paulo Silva, Paulo Moreira, etc. Silva e Moreira são sobrenomes que diferenciam um Paulo de outro. Já aquela palavra que vem um pouco mais atrás goza de mais importância que o Nome Paulo. É a palavra Himalaia, que não tem outra coisa a fazer na vida senão designar certa montanha da Índia, a mais alta do mundo. Por ter pouco serviço está gorda assim. Só é chamada de longe em longe, quando alguém quer referir-se à tal montanha. Paulo é um Nome mais magro porque os homens exigem dele bastante serviço.

— Nesse caso o Nome José deve ser fininho como um palito — disse Emília. — E o Nome Maria também.

— Falai no mau, aprontai o pau! — gritou Narizinho. — Lá vem o nome José, suando em bicas, magro que nem um espeto, surrado que nem taramela de porta de cozinha...

— Venha cá, Senhor Nome José! — chamou Emília. O Nome José aproximou-se, arquejante, a limpar o suor da testa.

— Cansadinho, hein?

— Nem fale, menina! — disse ele. — A todo momento nascem crianças que os pais querem que eu batize, de modo que vivo numa perpétua correria de igreja em igreja, a grudar-me em criancinhas que ficam josezando até à morte. Eu e Maria somos dois Nomes que não sabem o que quer dizer sossego... Nem bem havia dito isso e — *trrrlin!*... soou a campainha de um radiotelefone; a telefonista atendeu e depois berrou para a rua:

— O Nome José está sendo chamado para batizar um menino em Curitiba, capital do Paraná. Depressa!

E o pobre Nome José lá se foi ventando para Curitiba, a fim de josezar mais aquele Zezinho.

— Não vale a pena ser muito querida nesta cidade — observou Emília. — Eu, se fosse palavra, queria ser a mais antipática de todas, para que ninguém me incomodasse, como incomodam a este pobre José.

— Disso estou eu livre! — murmurou uma palavra gorda, que estava sentada à soleira duma porta. Era o Nome Urraca.

— Sim — continuou ela. — Como os homens me acham feia, não me incomodam com chamados quando têm filhas a batizar. Antigamente não era assim. Muitas meninas batizei em Portugal, e até princesas. Mas hoje, nada. Deixaram-me em paz duma vez. Desconfio que não existe no Brasil inteiro uma só menina com meu nome.

— Por isso está gorda assim, sua vagabunda! — observou Emília.

— Que culpa tenho de ser feia, ou dos homens me acharem feia? Cada qual como Deus o fez.

— Nesse caso, se é inútil, se não tem o que fazer, se está sem emprego, a senhora não passa dum Arcaísmo cujo lugar não é aqui e sim nos subúrbios. Está tomando o espaço de outras.

— Não seja tão sabida, bonequinha! Eu há muito que moro nos subúrbios, e se vim passear hoje aqui foi apenas para matar saudades.

Esta casa não é minha.

— De quem é então?

— Duma diaba que veio de Galópolis e anda mais chamada que uma telefonista — uma tal Odete. Volta e meia sai daqui correndo, a batizar meninas. Mas minha vingança é que está ficando magra que nem bacalhau de porta de venda, de tanto corre-corre.

— Está aí dentro, essa palavra?

— Aqui dentro, nada! Não para em casa um minuto. Inda agora recebeu chamado para batizar uma menina em Itaoca. Tomara que seja uma negrinha preta que nem carvão...

Enquanto Emília conversava com aquele Nome sem serviço, Pedrinho ia atentando na soberbia dos Nomes indicativos de países e continentes.

O Nome Europa era o mais empavesado de todos: louro, e dum orgulho infinito. Passou rente ao Nome América e torceu o nariz. Também o Nome Alemanha era emproadíssimo, embora andasse com uma cruz de ponto falso no nariz.

— Estes Nomes Próprios — explicou Quindim — têm a seu serviço essa infinidade de NOMES COMUNS que formigam pelas ruas. Os Nomes Comuns formam a plebe, o povo, o operariado, e têm a obrigação de designar cada coisa que existe, por mais insignificante que seja. Qual será a coisa mais insignificante do mundo?

— Cuspo de micróbio — gritou Emília.

— Realmente, bonequinha, cuspo de micróbio deve ser a coisa mais insignificante do mundo. Pois mesmo assim há necessidade de dois Nomes Comuns para a designar. Imaginem agora a humildade desses dois Nomes quando passam perto do Nome Próprio Deus, por exemplo, ou Ouro, que são dos mais graduados!

— Com certeza deitam-se no chão e viram tapete para que Deus e Ouro lhes pisem em cima — observou Emília.

Entre a multidão de Nomes que enxameavam naquela rua, os meninos notaram outras diferenças. Uns pertenciam à classe dos NOMES CONCRETOS e outros à classe dos NOMES ABSTRATOS. Havia ainda os NOMES SIMPLES e os NOMES COMPOSTOS. Quindim foi explicando a diferença.

— Os Nomes Concretos são os que marcam coisas ou criaturas que existem mesmo de verdade, como Homem, Nastácia, Tatu, Cebola. E os Nomes Abstratos são os que marcam coisas que a gente quer que existam, ou imagina que existem, como Bondade, Lealdade, Justiça, Amor.

— E também Dinheiro — sugeriu Emília.

— Dinheiro é Concreto, porque dinheiro existe — contestou Quindim.

— Para mim e para Tia Nastácia é abstratíssimo. Ouço falar em Dinheiro, como ouço falar em Justiça, Lealdade, Amor; mas ver, pegar, cheirar e botar no bolso dinheiro, isso nunca.

— E aquele tostão novo que dei a você no dia do circo? — lembrou o menino.

— Tostão não é dinheiro; é cuspo de dinheiro — retorquiu Emília. Depois daquela asneirinha, o rinoceronte continuou:

— Há os Nomes Simples, como a maior parte dos que circulam por aqui, e há os Nomes Compostos, como aqueles que ali vão. Estes Nomes Compostos formam-se de dois Nomes Simples, encangados que nem bois. Ia passando o Nome Guarda-chuva, de braço dado com o Nome Couve-flor.

— Parecem bananas incões — observou Emília.

— E há ainda os NOMES COLETIVOS — continuou Quindim. — São os que indicam uma coleção, ou uma porção de coisas — como aquele, acolá! Emília chamou-o.

— Venha cá, Senhor Coletivo! Explique-se. Diga quem é.

— Sou o Nome Cafezal e indico uma porção de pés de café. Deseja mais alguma coisa, senhorita?

— Quero saber se não está com a broca.

— Broca só dá nos arbustos que eu batizo quando são muitos.

— E quando são poucos?

— Só os batizo quando são muitos. Se se trata apenas de dois, três ou uma dúzia, não dou confiança. Ficam sendo dois, três ou uma dúzia de pés de café, mas nunca um Cafezal. Está satisfeita?

— Estaria — respondeu Emília, despedindo-o espevitadamente — se em vez de tantos pés de café você me desse uma xícara de café com bolinhos.

# EM PLENO MAR DOS SUBSTANTIVOS

Havia muita coisa a ver no bairro dos Substantivos, e por essa razão todos protestaram quando Emília falou em visitar as INTERJEIÇÕES.

— Espere, bonequinha aflita! — disse Quindim. — Inda há muito pano para manga aqui. Vocês ainda não observaram que estes Senhores Nomes estão divididos em dois gêneros, o MASCULINO e o FEMININO, conforme o sexo das coisas ou seres que eles batizam. Paulo é masculino porque todos os Paulos pertencem ao sexo masculino.

— Mas Panela? — advertiu Emília. — Por que razão Panela é Nome feminino e Garfo, por exemplo, é masculino? Panela ou Garfo têm sexo?

— Isso é uma das maluquices desta cidade — respondeu o rinoceronte. — Já em Anglópolis não é assim. Há lá mais um gênero, o GÊNERO NEUTRO, para todas as palavras que designam coisas sem sexo, como Panela e Garfo.

— Coitados dos ingleses que se mudam para o Brasil! — advertiu Pedrinho. — Imaginem a trabalheira para decorar o sexo de milhares de palavras indicativas de coisas que... não têm sexo!

— Você tem razão — disse Quindim —, mas em matéria de língua a coisa é como é e não como deveria ser. Nesta cidade os Substantivos terminados em O, U, I, EM, IM, OM, UM, EN, L, R, S e X são quase sempre masculinos.

— Nossa Senhora! — exclamou Narizinho. — Quantas terminações! Os homens mostram o seu egoísmo em tudo. "Chamaram" para o sexo deles quase todas as terminações possíveis. E os femininos?

— São quase sempre femininos os Nomes terminados em A, Ã, ÇÃO, GEM, DADE e ICE.

— Bandidos! — protestou a menina. — Os homens tomaram para si doze terminações e só deixaram seis para o sexo feminino — a metade...

— Não faz mal, Narizinho — consolou a boneca. — Quando nós tomarmos conta do mundo, havemos de fazer o contrário — ficar com doze para o nosso sexo e só dar seis para o sexo deles.

O rinoceronte continuou:

— E há ainda Nomes que possuem dois sexos, isto é, que tanto servem para indicar seres ou coisas do gênero feminino como do masculino. Nós, gramáticos, usamos um nome muito feio para designar tais substantivos — EPICENOS.

— Isso não é designar, é xingar! — disse Emília.

— Nomes como Onça, Cônjuge, Criança, Jacaré e tantos outros têm o defeito de servir para os dois sexos. São Nomes Epicenos.

— Epiceno é o nariz dos gramáticos — exclamou Emília.

— Um defeito a gente deve corrigir. Xingar o defeito com um nome feio não adianta.

— E há ainda — continuou o rinoceronte — os Nomes chamados COMUNS DE DOIS, que ora são masculinos, ora são femininos. O Nome

Artista, por exemplo, é Comum de Dois, porque a gente tanto pode dizer O Artista como A Artista. Fora dessas duas classes de Nomes, o resto passa dum sexo para outro por meio duma simples mudança do final. Os que terminam em O mudam esse O em A e viram femininos. Outros, porém, arranjam um nome diferente para o feminino, como Pai — Mãe; Frade — Freira; Cavalo — Égua; Ladrão — Ladra.

— E qual o feminino de Rabicó? — perguntou Narizinho. O rinoceronte ficou atrapalhado.

— O feminino de Rabicó é Emília, porque ela é a mulher de Rabicó.

Emília, que já de muito tempo se havia divorciado de Rabicó, ficou danadinha e disse:

— Nesse caso, o masculino de Narizinho é Bacalhau... Todos arregalaram os olhos, sem perceber a ideia da boneca.

— Sim, porque Narizinho também é casada com o tal Príncipe Escamado, que para mim não passa dum bacalhau de porta de venda, muito ordinário...[5]

— Calma, calma! — exclamou o rinoceronte. — Deixem as brigas para quando regressarem. Em vez disso prestem atenção a outra particularidade dos Substantivos. Além de Gênero, ou Sexo, eles têm NÚMERO, como dizem os gramáticos. Ter Número quer dizer ter SINGULAR e PLURAL. Quando um Substantivo designa uma coisa só, vai para o Singular; quando designa duas ou mais coisas, vai para o Plural. O meio de passar do Singular para o Plural consiste no ajustamento dum rabinho chamado S. Exemplo: Gato é Singular; põe o rabinho e vira Gatos — Plural.

— É assim com todos os Substantivos? — perguntou Emília.

— Não; existem muitos que fazem o Plural de outros modos. Os que terminam em A, OL e IL tônicos trocam o L final por IS, como SOL, que

---

5 *Reinações de Narizinho.*

faz Sóis; Canal, que faz Canais; Barril, que faz Barris. Os terminados em El e os terminados em Il átonos mudam o El e o Il em Eis assim: Anel, Anéis; Fóssil, Fósseis. Os terminados em UL trocam o L por IS, como Azul, que faz Azuis. Alguns não seguem a regra, como Cônsul, que faz Cônsules.

— Enjoado! — comentou Emília, fazendo bico. — E os terminados em R, Z e N?

— Esses fazem o plural juntando ES — Mulher, Mulheres; Nariz, Narizes; Abdômen, Abdômenes. E os que terminam em M trocam esse M por NS, como Homem, que faz Homens. E os que terminam em S não mudam, como Pires, Lápis. Um Pires, dois Pires. Entretanto, os terminados em ÊS fazem o plural acrescentando ES, exemplo Mês, Meses; Cortês, Corteses.

— Chega de Número, Quindim — disse Emília. — Já me está enjoando as tripas. Mude de tecla.

Nesse momento surgiu o Visconde, que ficara nos subúrbios de prosa com a velha Bofé e outras corujas. Vinha correndo e a tapar os ouvidos com as mãos.

— Que aconteceu, Visconde? Que carreira é essa? O pobre sábio parou, arquejante, de língua de fora como um cachorro cansado.

— Oh, estou envergonhadíssimo! — exclamou com esforço, enxugando a testa com as palhinhas de milho do pescoço. — Imaginem que ao vir para cá errei e fui dar com os costados num bairro horrível, que nem sei como a polícia deixa! O bairro das PALAVRAS OBSCENAS... Que coisa feia, Santo Deus! Vi por lá, soltas nas ruas, esmolambadas e sórdidas, as palavras mais sujas da língua. Sarnentas, vestidas de farrapos e sem a menor compostura nos modos. Assim que me viram deram-me uma grande vaia nos termos mais infames. Os nomes que ouvi eram de fazer corar a um frade de pedra. E vim correndo avisar vocês para que não passem por lá.

Mas a pestinha da Emília, que era boneca e não achava nada no mundo indecente, assanhou-se logo.

— Vocês, sabugos, são tão cheios de histórias como as gentes de carne — disse ela. — As coitadas das palavras que culpa têm de existirem no mundo coisas que os homens consideram feias? Vou lá, sim. Quero consolar as pobres infelizes e dar-lhes uns bons conselhos.

Narizinho, porém, não deixou.

— Não vai, não, Emília. Inocentes ou culpadas, o melhor é não nos metermos com elas. Vovó, se soubesse, ficaria aborrecida. Por aqui ainda há muita coisa decente para vermos. Olhe aquela palavra esquisita, que vem latindo. Senhora Palavra, venha cá!

A palavra Canzarrão aproximou-se, latindo.

— Au! Au! Que é que a menina deseja?

— Saber quem é a senhora e o que faz.

— Sou a mesma palavra Cão aumentada; se tenho de designar um cão grande, viro Canzarrão; e se tenho de designar um cão pequenino, viro Cãozinho.

— Isto é o que os gramáticos chamam GRAU — mudança nas palavras para dar ideia do tamanho das coisas — explicou o rinoceronte. — Há o Grau AUMENTATIVO, para aumentar, e o Grau DIMINUTIVO, para diminuir.

— Sei disso — declarou Emília. — As palavras quando querem significar uma coisa grande, latem; e quando querem significar uma coisa pequena, choramingam.

Ninguém entendeu.

— Sim — insistiu ela. — Botar um ÃO no fim duma palavra é latir, porque latido de cachorro é assim — ÃO, ÃO, ÃO! E botar um INHO, ou um ZINHO no fim das palavras é choramingar como criança nova. Panela, por exemplo; se late, vira Panelão e se choraminga, vira Panelinha...

O rinoceronte admirou-se da esperteza da boneca.

— Muito bem, senhorita! — exclamou ele. — Está certo. Mas nem sempre é assim. Aquelas duas palavras que vêm vindo para o nosso lado estão aumentadas — e aumentaram sem latir. Vinha vindo a palavra Cabeçorra, de braço dado à palavra Copázio.

— São aumentativos de Cabeça e Copo — explicou Quindim. — Cabeça — Cabeçorra; Copo — Copázio.

— Mas eu posso dizer Cabeção e Copão — insistiu Emília.

— Pode, mas também existem aquelas formas de aumentativo sem AO. Bicho, por exemplo, dá Bichão e Bichaço. Corpo dá Corpão e Corpanzil. No caso de serem palavras femininas, em vez de ÃO elas botam no fim ONA. Mulher, Mulherona.

— Ou Mulheraça — advertiu Narizinho. — Já ouvi vovó dizer que a viúva do Maluf da venda é uma Mulheraça.

— Está certo — confirmou Quindim —, e portanto fica visto que com ÃO, ON, ZARÃO, RÃO, AÇO ou AÇA, AZ, ÁZIO e ORRA, as palavras aumentam. E para diminuírem, além do chorinho que Emília descobriu, como é que fazem? Ninguém sabia diminuir sem chorinho. O rinoceronte explicou:

— Além do INHO e ZINHO que Emília já disse, elas diminuem com ITO...

— Mosca, Mosquito — lembrou logo Pedrinho.

— E também com ETE, ETO, OTO, ICO...

— Antônio, Antonico — lembrou a menina.

— E com EJO — continuou Quindim —, e com ILHO, ELHO, EL, LM, OLO, ULO e ELO.

— Quantos jeitos! — exclamou Emília. — Isso é que aborrece na língua.

Em vez de haver um jeito só para cada coisa, há muitos. Tal abundância de jeitos só serve para dar trabalho à gente.

— Dá um pouco de trabalho, sim — disse o rinoceronte —, mas em compensação traz muitas vantagens. Se Pedrinho virar algum dia escritor de histórias, há de ver que esta variedade ajuda grandemente o estilo, permitindo a composição de frases mais bonitas e musicais.

Narizinho olhou para Quindim com ar de surpresa.

Como é que um bicho cascudo daqueles, vindo lá dos fundões da África, entendia até de "estilo" e frases "musicais"?

— Não posso compreender como ele virou tamanho gramático assim dum momento para outro...

— Para mim — sugeriu Emília — Quindim comeu aquela gramaticorra que Dona Benta comprou. Lembre-se que a bichona desapareceu justamente no dia em que Quindim dormiu no pomar. O Visconde tinha estado às voltas com ela, estudando ditongos debaixo da jabuticabeira. Com certeza esqueceu-a lá e o rinoceronte papou-a.

— Que bobagem, Emília! Gramática nunca foi alimento.

— Bobagem, nada! — sustentou a boneca. — Dona Benta vive dizendo que os livros são o pão do espírito. Ora, Gramática é livro; logo é pão; logo é alimento.

— Boba! — gritou a menina. — Pão do espírito está aí empregado no sentido figurado. No sentido material um livro não é pão de coisa nenhuma.

Emília deu uma gargalhada.

— Pensa que não sei que os livros são feitos de papel de madeira? Madeira é vegetal. Vegetal é alimento de rinocerontes. Logo, Quindim podia muito bem alimentar-se com os vegetais que se transformaram no papel que virou gramática.

Apesar do absurdo de semelhante hipótese, Narizinho ficou meio abalada. Quem sabe lá se Quindim não tinha mesmo comido a Gramática histórica de Eduardo Carlos Pereira? Acontece tanta coisa esquisita neste mundo...

— Bom — disse o rinoceronte. — Chega de Substantivos. Vamos agora dar uma volta pelo bairro dos ADJETIVOS.

# ENTRE OS ADJETIVOS

No bairro dos ADJETIVOS o aspecto das ruas era muito diferente. Só se viam palavras atreladas.

Os meninos admiraram-se da novidade e o rinoceronte explicou:

— Os Adjetivos, coitados, não têm pernas; só podem movimentar-se atrelados aos Substantivos. Em vez de designarem seres ou coisas, como fazem os Nomes, os adjetivos designam as qualidades dos Nomes, ou alguma diferença que haja neles. Daí vem a divisão em Adjetivos Qualificativos e Adjetivos Determinativos.[6]

Nesse momento os meninos viram o Nome Homem, que saía duma casa puxando um Adjetivo pela coleira.

— Ali vai um exemplo — disse Quindim. — Aquele Substantivo entrou naquela casa para pegar o Adjetivo Magro. O meio da gente indicar que um homem é magro consiste nisso — atrelar o Adjetivo Magro ao Substantivo que indica o Homem.

---

6   Não se usa mais essa classificação para os adjetivos.

— Logo, Magro é um Adjetivo Qualificativo — disse Pedrinho — porque indica a qualidade de ser magro.

— Qualidade ou defeito? — asneirou Emília. — Para Tia Nastácia ser magro é defeito gravíssimo.

— Não burrifique tanto, Emília! — ralhou Narizinho. — Deixe o rinoceronte falar.

Mas aquele Homem, atrelado a Magro, enrou em outra casa, de onde logo saiu com mais um freguês na trela.

— Olhem! — disse Quindim. — Acaba de atrelar a si mais um Adjetivo, e desta vez um Determinativo, o Este[7]. Conseguiu assim formar um começo de frase — Este Homem Magro. O Adjetivo Este não indica nenhuma qualidade, mas indica uma diferença, e por isso a gramática o classifica de Determinativo.

— Se indica diferença, devia classifica-lo de Diferenciativo — quis Emília.

— Cale-se! — advertiu Narizinho. — Quando você fizer a sua gramática, ponha assim. Vamos agora visitar os grandes armazéns onde os Adjetivos estão guardados em prateleiras.

O armazém dos Adjetivos era bem espaçoso e dividido em duas partes; numa estavam os adjetivos Qualificativos, e na outra estavam os Determinativos.

Numerosas prateleiras recobriam as paredes, cada qual com o seu letreiro. Na prateleira dos Adjetivos Qualificativos PÁTRIOS, Narizinho encontrou muitos conhecidos seus, entre os quais Brasileiro, Inglês, Chinês, Paulista, Polaco, Italiano, Francês e Lisboeta, que só eram atrelados a seres ou coisas do Brasil, da Inglaterra, da China, de São Paulo, da Polônia, da Itália, da França e de Lisboa.

---

7    A Gramática classifica *Este* como pronome.

O dístico da prateleira próxima dizia: Adjetivos Qualificativos Verbais.

— Quais são estes? — perguntou o menino.

São os Adjetivos que derivam de Verbos. Esse aí perto de você, por exemplo, Fervendo. Às vezes é Particípio Presente[8] do verbo Ferver; outras vezes, sem mudança nenhuma, é Adjetivo.

Quando a gente diz: a água está fervendo, o diabinho é verbo. Mas quando a gente diz: queimei o dedo com água fervendo, ele é Adjetivo Qualificativo, porque indica uma qualidade da água.

— Defeito! — asneirou de novo Emília. — Se queima o dedo, é defeito...

Havia ali muito poucos Adjetivos daquela espécie. Mas as prateleiras dos que não eram Pátrios nem Verbais, essas estavam atopetadinhas.

Os meninos viram lá centenas, porque todas as coisas possuem qualidades e é preciso um qualificativo para cada qualidade das coisas. Viram lá Seguro, Rápido, Branco, Belo, Mole, Macio, Áspero, Gostoso, Implicante, Bonito, Amável, etc. — todos os que existem.

— E na sala vizinha? — perguntou o menino.

— Lá estão guardados os ADJETIVOS DETERMINATIVOS. Vamos vê-los. Havia naquela outra sala sete divisões, com sete letreiros diversos. Na primeira estavam os ADJETIVOS ARTICULARES[9]; na segunda, os ADJETIVOS DEMONSTRATIVOS[10]; na terceira, os CONJUNTIVOS[11]; na quarta, os INTERROGATIVOS, na quinta, os POSSESSIVOS; na sexta, os NUMERAIS; e na sétima, os INDEFINIDOS.

Narizinho parou diante da divisão dos Articulares e exclamou, de cara alegre:

---

8   Hoje denominado gerúndio.
9   Atualmente chamados artigos.
10  Hoje, pronomes demonstrativos.
11  Agora tratados por pronomes relativos.

— Olhem onde moram o A, o O, o Uma e o Um — umas pulgas de palavrinhas, mas que apesar disso são utilíssimas. A gente não dá um passo sem usá-las. Mas isto, senhor rinoceronte, não é o que antigamente se chamava artigo?

— Sim. Os velhos gramáticos chamavam Artigos essas palavrinhas, mas os modernos resolveram mudar. Em vez de Artigos eles dizem hoje — Adjetivos Articulares.

— Para que servem?

— Para individualizar um Nome. Individualizar quer dizer marcar um entre muitos. Quando a gente diz: a menina do narizinho arrebitado, aquele A do começo marca, ou individualiza, esta menina que está aqui, esta neta de Dona Benta — e não uma menina qualquer. Tudo já fica muito diferente se dissermos: menina do narizinho arrebitado — sem o A, porque então já não estaremos marcando estazinha aqui. O Adjetivo Articular Um também individualiza. Em Um Macaco, o UM individualiza, ou marca um certo macaco entre toda a macacada.

— Mas Um macaco não diz qual é o macaco. Um macaco pode ser este ou aquele — objetou Emília.

— Por isso mesmo a prateleira está dividida em duas partes. Na primeira vemos o casalzinho O e A sob a etiqueta de Articulares Definidos; e na segunda vemos o casalzinho Um e Uma sob a etiqueta de Articulares Indefinidos. O Articular O é Definido porque marca com certeza; o Articular Um é Indefinido porque marca sem certeza.

— A coisa é um tanto complicada; mas sem explicar eu entendo melhor do que explicando demais — disse Emília. — Vamos ver outra prateleira.

Na prateleira próxima estavam os seguintes Adjetivos Demonstrativos — Este, Esse, Aquele, Mesmo, Próprio, Tal etc., com as suas respectivas esposas e parentes.

As esposas eram Esta, Essa, Aquela, Própria etc., e os parentes eram Ess'outro[12], Est'outro, Aquel'outro etc.

— Muito bem, disse Narizinho. Vamos à terceira prateleira.

Nesta terceira estavam os Adjetivos Conjuntivos, que servem para indicar uma coisa que está para trás.

Eram eles: O qual e Cujo, com suas respectivas esposas e os seus plurais. Quindim exemplificou:

— O Visconde, cuja cartolinha sumiu, está danado. Nesta frase, o adjetivo cuja refere-se a uma coisa que ficou para trás.

De fato, o Visconde havia perdido a sua cartolinha na aventura com as Palavras Obscenas. Deixara-a para trás.

— Continue, Quindim — pediu Emília. E o rinoceronte continuou.

— Temos agora aqui a prateleira dos Adjetivos Interrogativos, que servem para fazer perguntas. Todos usam um ponto de interrogação no fim, para que a gente veja que eles são perguntativos.

E os meninos viram lá os interrogativos Que? Qual? e Quando?.

Em seguida vinha a prateleira dos Adjetivos Possessivos, que separam as coisas que são da gente das coisas que são dos outros.

Lá estavam os Possessivos Meu, Teu, Seu, Nosso, Vosso e Seus, com as respectivas esposas e com os plurais. Emília, que achava as palavras Meu e Minha as mais gostosas de quantas existem, agarrou o casalzinho e deu um beijo no nariz de cada uma, dizendo: MEUS amores!

Depois vinha a prateleira dos Adjetivos Numerais,[13] que se dividem em quatro classes: a dos Cardinais, muito apreciados pela senhora Ariti-

---

12  Os pronomes ess'outro, est'outro, aquel'outro caíram em desuso.
13  Chamados hoje apenas de numerais.

mética — Um, Dois, Três, Quatro, Cem, Mil etc., a dos ordinais — Primeiro, Segundo, Terceiro, Secundário etc., a dos multiplicativos, como Duplo, Triplo, Tríplice, Quádruplo, Décuplo etc., e, finalmente, a dos Fracionários, como Meio, Terço, Quarto, Centésimo, Milésimo etc.

A visita não parou aí. Mais adiante os meninos viram a prateleira onde estavam os Adjetivos Determinativos Indefinidos, muito familiares a todos do bandinho.

Eram eles: Algum, Nenhum, Outro, Todo, Tanto, Pouco, Muito, Menos, Qualquer, Certo, Vários, Diferentes, Diversos etc., com as suas respectivas formas femininas e os competentes plurais.

— São umas palavrinhas muito boas, que a gente emprega a toda hora — comentou Emília, sem entretanto beijar o nariz de nenhuma.

O movimento naquela sala mostrava-se intenso. Milhares de Nomes entravam constantemente para retirar das prateleiras os Adjetivos de que precisavam — e lá se iam com eles na trela.

Outros vinham repor nos seus lugares os Adjetivos de que não necessitavam mais.

— As palavras não param — observou Quindim. — Tanto os homens como as mulheres (e sobretudo estas) passam a vida a falar, de modo que a trabalheira que os humanos dão às palavras é enorme.

Nesse momento uma palavra passou por ali muito alvoroçada. Quindim indicou-a com o chifre, dizendo:

— Reparem na talzinha. É o Substantivo Maria, que vem em busca de Adjetivos. Com certeza trata-se de algum namorado que está a escrever uma carta de amor a alguma Maria e necessita de bons Adjetivos para melhor lhe conquistar o coração.

A palavra Maria achegou-se a uma prateleira e sacou fora o Adjetivo Bela; olhou-o bem e, como se o não achasse bastante, puxou fora a palavra Mais; e por fim puxou fora o Adjetivo Belíssima.

— A palavra Mais forma o Comparativo, com o qual o namorado diz que essa Maria é Mais Bela do que tal outra; e com o Adjetivo Belíssima ele dirá que Maria é extraordinariamente bela. E desse modo, para fazer uma cortesia à sua namorada, ele usa os dois GRAUS DO ADJETIVO. Usa o GRAU COMPARATIVO, com a expressão Mais Bela, e usa o GRAU SUPERLATIVO, com a palavra Belíssima.

— Mas nem sempre é assim — observou Emília. — Lá no sítio, quando eu digo Mais Grande, Dona Benta grita logo: "Mais grande é cavalo".

— E tem razão — concordou o rinoceronte —, porque alguns Adjetivos, como Bom, Mau, Grande e Pequeno, saem da regra e dão-se ao luxo de ter formas especiais para exprimir o Comparativo. Bom usa a forma Melhor. Mau usa a forma Pior. Grande usa a forma Maior, e Pequeno usa a forma Menor. O resto segue a regra.

— E para que serve o SUPERLATIVO?

— Para exagerar as qualidades do Adjetivo. Forma-se principalmente com um íssimo ou com um Érrimo no fim da palavra, como Feliz, Felicíssimo; Salubre, Salubérrimo. Ou então usa o O Mais, como O Mais Feliz.

— E se quiser exagerar para menos? — indagou Pedrinho.

— Nesse caso usa a expressão O Menos. O Menos Feliz.

— Sim — murmurou Emília distraidamente, com os olhos postos no Visconde, que continuava calado e apreensivo como quem está incubando uma ideia. — O Sonsíssimo Visconde, ou O Mais Sonso de todos os sabugos científicos...

De fato, o Visconde estava preparando alguma. Deu de ficar tão distraído que até começou a atrapalhar o trânsito.

Tropeçou em várias palavras, pisou no pé de um Superlativo e chutou um O maiúsculo, certo de que era uma bolinha de futebol.

Que seria que tanto preocupava o Senhor Visconde?

## NA CASA DOS PRONOMES

— Chega de Adjetivos — declarou a menina. — Eu não sei por quê, tenho grande simpatia pelos PRONOMES, e queria visitá-los já.

— Muito fácil — respondeu o rinoceronte. — Eles moram numa casinha aqui defronte.

— Naquela? Tão pequena... — admirou-se Emília.

— Eles são só um punhadinho, e vivem lá como em república de estudantes.

E todos se dirigiram para a República dos Pronomes, palavras que também não possuem pernas e só se movimentam amarradas aos VERBOS.

Emília bateu na porta — *toque, toque, toque*.

Veio abrir o Pronome Eu.

— Entrem, não façam cerimônia.

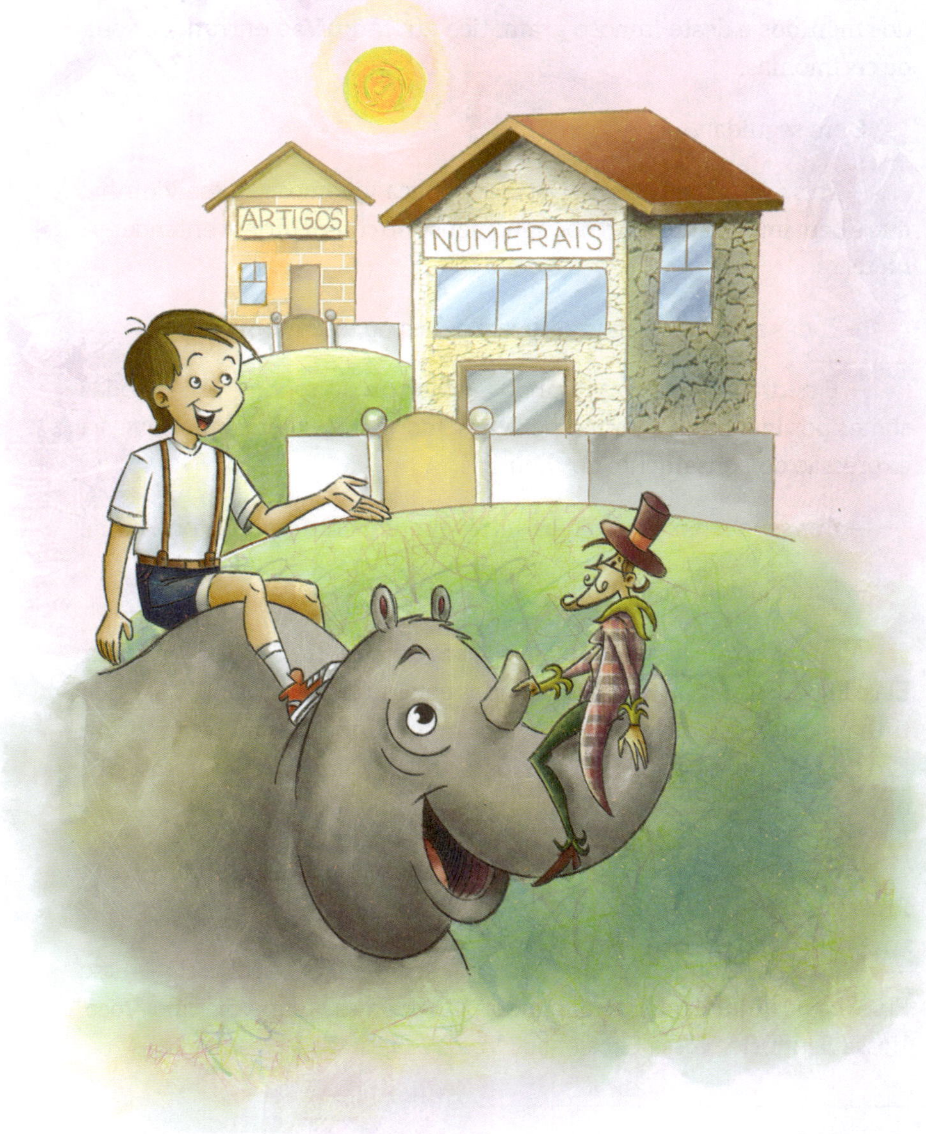
ARTIGOS
NUMERAIS

Narizinho fez as apresentações.

— Tenho muito gosto em conhecê-los — disse amavelmente o Pronome Eu. — Aqui na nossa cidade o assunto do dia é justamente a presença dos meninos e deste famoso gramático africano. Vão entrando. Nada de cerimônias.

E em seguida:

— Pois é isso, meus caros. Nesta república vivemos a nossa vidinha, que é bem importante. Sem nós os homens não conseguiriam entender-se na terra.

— Todas as outras palavras dizem o mesmo — lembrou Emília.

— E nenhuma está exagerando — advertiu o Pronome Eu. — Todas somos por igual importantes, porque somos por igual indispensáveis à expressão do pensamento dos homens.

— E os seus companheiros, os outros Pronomes? — perguntou Emília.

— Estão lá dentro, jantando.

À mesa do refeitório achavam-se os Pronomes Tu, Ele, Nós, Vós, Eles, Ela e Elas. Esses figurões eram servidos pelos Pronomes OBLÍQUOS, que tinham o pescoço torto e lembravam corcundinhas. Os meninos viram lá o Me, o Mim, o Migo, o Nos, o Nosco, o Te, o Tigo, o Vos, o Vosco, o O, o A, o Lhe, o Se, o Si e o Sigo — quinze Pronomes Oblíquos[14].

— Sim senhor! Que luxo de criadagem! — admirou-se Emília. — Cada Pronome tem a seu serviço vários criadinhos oblíquos...

— E ainda há outros serviçais, os Pronomes de TRATAMENTO — disse Eu. — Lá no quintal estão tomando sol os Pronomes Fulano, Sicrano, Você, Vossa Senhoria, Vossa Excelência, Vossa Majestade e outros.

---

14  No lugar do pronome *migo*, hoje usa-se *comigo*. *Nosco* foi substituído por *conosco*, *vosco* por *convosco* e *sigo* por *consigo*.

— E para que servem os Senhores Pronomes Pessoais? — perguntou a menina.

— Nós — respondeu Eu — servimos para substituir os Nomes das pessoas. Quando a Senhorita Narizinho diz Tu, referindo-se aqui a esta senhora boneca, está substituindo o Nome Emília pelo Pronome Tu.

Os meninos notaram um fato muito interessante — a rivalidade entre o Tu e o Você. O Pronome Você havia entrado do quintal e sentara-se à mesa com toda a brutalidade, empurrando o pobre Pronome Tu do lugarzinho onde ele se achava.

Via-se que era um Pronome muito mais moço que Tu, e bastante cheio de si. Tinha ares de dono da casa.

— Que há entre aqueles dois? — perguntou Narizinho. — Parece que são inimigos...

— Sim — explicou o Pronome Eu. — O meu velho irmão Tu anda muito aborrecido porque o tal Você apareceu e anda a atropelá-lo para lhe tomar o lugar.

— Apareceu como? Donde veio?

— Veio vindo... No começo havia o tratamento Vossa Mercê, dado aos reis unicamente. Depois passou a ser dado aos fidalgos e foi mudando de forma. Ficou uns tempos Vossemecê e depois passou a Vosmecê e finalmente como está hoje — Você, entrando a ser aplicado em vez do Tu, no tratamento familiar ou caseiro. No andar em que vai, creio que acabará expulsando o Tu para o bairro das palavras arcaicas, porque já no Brasil muito pouca gente emprega o Tu. Na língua inglesa aconteceu uma coisa assim. O Tu lá se chamava Thou e foi vencido pelo You, que é uma espécie de Você empregada para todo mundo, seja grande ou pequeno, pobre ou rico, rei ou vagabundo.

— Estou vendo — disse a menina, que não tirava os olhos do Você. —

Ele é moço e petulante, ao passo que o pobre Tu parece estar sofrendo de reumatismo. Veja que cara triste o coitado tem...

— Pois o tal Tu — disse Emília — o que deve fazer é ir arrumando a trouxa e pondo-se ao fresco. Nós lá no sítio conversamos o dia inteiro e nunca temos ocasião de empregar um só Tu, salvo na palavra Tatu. Para nós o Tu já está velho coroca. E mudando de assunto:

— Diga-me uma coisa, Senhor Eu. Está contente com a sua vidinha?

— Muito — respondeu Eu. — Como os homens são criaturas sumamente egoístas, eu tenho vida regalada, porque represento todos os homens e todas as mulheres que existem, sendo pois tratado dum modo especial. Creio que não há palavra mais usada no mundo inteiro do que Eu. Quando uma criatura humana diz Eu, baba-se de gosto porque está falando de si própria.

— E fora os Pronomes Pessoais não há outros?

— Há sim. Há uns pronomes de segunda classe, que moram no galinheiro — os PRONOMES ADJETIVOS.

— Para que servem?

— Para substituir pessoas ou coisas que não se acham presentes.

— E quais são eles?

— São os chamados PRONOMES DEMONSTRATIVOS — O, Isto, Isso, Aquilo. Há também os chamados PRONOMES INDEFINIDOS — Alguém, Algo, Ninguém, Nada, Outrem, Tudo, Qual. E há os chamados PRONOMES RELATIVOS — Que e Quem. Uns pobres-diabos...

Os meninos deixaram a república dos Pronomes muito admirados da petulância e orgulho daquele pronominho tão curto.

— Parece que tem o presidente da República na barriga — comentou a boneca. E parecia mesmo...

# NO ACAMPAMENTO DOS VERBOS

— Agora iremos visitar o Campo de Marte, onde vivem acampados os VERBOS, uma espécie muito curiosa de palavras. Depois dos Substantivos são os Verbos as palavras mais importantes da língua. Só com um Nome e um Verbo já podem os homens exprimir uma ideia. Eles formam a classe militar da cidade.

— Mas que é um Verbo, afinal de contas? — perguntou Pedrinho.

— Verbo é uma palavra que muda muito de forma e serve para indicar o que os Substantivos fazem. A maior parte dos Verbos assume sessenta e oito formas diferentes.

— Nesse caso são os camaleões da língua — observou Emília. — Dona Benta diz que o camaleão está sempre mudando de cor. Sessenta e cinco formas diferentes! Isso até chega a ser desaforo. Os Nomes e Adjetivos só mudam seis vezes — para fazer o Gênero, o Número e o Grau.

— Pois os senhores Verbos até cansam a gente de tanto mudar — disse o rinoceronte. — São palavras políticas, que se ajeitam a todas as situações da vida. Moram aqui em quatro grandes acampamentos, ou campos de CONJUGAÇÃO.

Os quatro acampamentos ocupavam todo o Campo de Marte. Cada um trazia letreiros na entrada. Emília leu o letreiro mais próximo — Acampamento dos Verbos da PRIMEIRA CONJUGAÇÃO. Em letras menores vinha um aviso: "Só é permitida a entrada aos Verbos de Infinito terminado em Ar".

— Que quer dizer Infinito? — indagou Narizinho.

— É uma das sessenta e cinco formas diferentes dos Verbos, e a que dá nome a toda a tribo.

O acampamento imediato era o da SEGUNDA CONJUGAÇÃO, para os Verbos terminados em Er. O acampamento seguinte era o da TERCEIRA CONJUGAÇÃO, para os Verbos terminados em Ir. E o último acampamento era o da QUARTA CONJUGAÇÃO[15], para os verbos terminados em Or.

— Os últimos serão os primeiros, disse Emília. — Vamos começar a nossa visita por este último.

Dirigiram-se todos para o acampamento da QUARTA CONJUGAÇÃO, mas o desapontamento foi grande. Estava quase completamente vazio. Apenas viram lá o verbo Pôr e sua família.

— Onde anda o pessoal desta Conjugação? — perguntou a boneca. — Em alguma guerra?

— Estão todos aqui — disse Quindim. — Esse acampamento pertence exclusivamente ao Verbo Pôr e sua família.

— Ora esta! — exlamou Narizinho. — Uma Conjugação inteira para um Verbo só?

---

15 Não existe mais a quarta conjugação. Os verbos terminados em OR são considerados irregulares de segunda conjugação.

— Pois é verdade. Nesta conjugação só existe Pôr e seus parentes Compor, Propor, Dispor, Depor, Antepor, Supor e outros do mesmo naipe. Antigamente, Pôr pertencia à segunda conjugação e chamava-se Poer. Ficou Pôr, como hoje está — e os gramáticos tiveram de criar para ele uma Conjugação nova.

— Seria muito mais simples fabricarem um E novo, de pau, para substituir o que apodreceu — lembrou Emília.

— Parece simples, mas não é. Os gramáticos mexem e remexem com as palavras da língua e estudam o comportamento delas, xingam-nas de nomes rebarbativos, mas não podem alterá-las. Quem altera as palavras, e as faz e desfaz, e esquece umas e inventa novas, é o dono da língua — o Povo. Os gramáticos, apesar de toda a sua importância, não passam dos "grilos" da língua.

— Nesse caso — insistiu Emília —, era deixar o Pôr lá mesmo com um letreirinho no pescoço: "Ele é Poer; se está Pôr é porque o E apodreceu e caiu". Mas vamos ver outro acampamento.

Foram para o acampamento da SEGUNDA CONJUGAÇÃO. Oh, lá sim! Estava coalhado de Verbos, a ponto dos meninos nem poderem andar. O momento era bom. O batalhão do Verbo Ter, que é dos mais importantes, ia desfilar. Uma corneta soou e o desfile teve começo.

Esse batalhão compunha-se de sessenta e cinco praças, ou PESSOAS, distribuídas em companhias, ou MODOS, e em pelotões, ou TEMPOS. Abria a marcha o MODO INDICATIVO, com trinta e seis soldados repartidos em cinco Tempos. Na frente de todos vinha o TEMPO PRESENTE, composto de seis soldadinhos, cada qual com um Pronome no bolso.

Os Verbos não sabem andar sós; vivem ligados a alguém ou alguma coisa, que é o SUJEITO; e quando o Sujeito não está presente, botam em lugar dele um Pronome.

Os nomes dos seis soldadinhos do Tempo Presente eram Tenho, Tens, Tem, Temos, Tendes e Têm, e os Pronomes que traziam no bolso eram Eu, Tu, Ele, Nós, Vós e Eles. Seis soldadinhos vivos e enérgicos, que marchavam muito seguros de si.

— Bravos! — gritou Emília. — Pelo jeito de marchar a gente vê que eles têm mesmo...

Em seguida veio o Segundo Tempo, cujo nome era PRETÉRITO IMPERFEITO; tinha igual número de soldadinhos, ou Pessoas, embora menos jovens e com caras menos vivas. Chamavam-se Tinha, Tinhas, Tinha, Tínhamos, Tínheis e Tinham.

— Esses não têm: tinham!... — observou Pedrinho. — Por isso estão meio jururus.

Depois veio o Terceiro Tempo, chamado PRETÉRITO PERFEITO, composto igualmente de seis soldados de olhos no fundo, amarelos, magros, com expressão de medo na cara.

Eram eles Tive, Tiveste, Teve, Tivemos, Tivestes e Tiveram.

— Estou vendo! — comentou Emília. — Tiveram, já não têm mais nada, os bobos. Bem feito! Quem manda...

— Quem manda o quê, Emília? — indagou Narizinho.

— Quem manda perderem o que tinham? Agora aguentem.

Depois desfilou o Quarto Tempo, chamado PRETÉRITO MAIS-QUE-PERFEITO. Eram também seis soldados — Tivera, Tiveras, Tivera, Tivéramos, Tivéreis e Tiveram.

Depois passou o Quinto Tempo, chamado FUTURO DO PRESENTE, e foram recebidos com palmas por serem soldadinhos dos mais alegres e esperançosos — Terei, Terás, Terá, Teremos, Tereis, Terão.

— Estes são espertos — disse Pedrinho. — Sabem contentar a todo mundo. Viva o Futuro!...

Estava terminado o desfile do Modo Indicativo, que exprime o que é, ou a realidade do momento. Houve um pequeno descanso antes de começar o desfile do MODO CONDICIONAL, muito mais modesto que o outro, pois se compunha apenas de seis soldados — Teria, Terias, Teria, Teríamos, Teríeis e Teriam. Emília não gostou deste Modo; achou-o com cara de mosca-morta.

Houve nova pausa, terminada a qual desfilou o MODO IMPERATIVO, que era orgulhosíssimo. Compunha-se apenas de dois soldados carrancudos, com ar mais autoritário que o do próprio Napoleão. Eram eles o Tem e o Tende.

— Só fazem isso — explicou Quindim. — Mandam que o pessoal tenha.

— Tenha que coisa? — indagou Emília.

— Tudo quanto há. Quando o Imperativo diz para você, com voz de ditador: Tem juízo, Emília!, ele não está pedindo nada — está mandando como quem pode, ouviu?

— Fedorento!... — exclamou a boneca com um muxoxo de pouco-caso.

Depois desfilou o MODO SUBJUNTIVO, com três Tempos, de seis Pessoas cada um. O Primeiro Tempo, de nome PRESENTE, trazia os soldados Tenha, Tenhas, Tenha, Tenhamos, Tenhais e Tenham.

Em seguida desfilou o Segundo Tempo, de nome PRETÉRITO PERFEITO, com os seus seis soldados — Tivesse, Tivesses, Tivesse, Tivéssemos, Tivésseis e Tivessem. E por fim desfilou o Terceiro Tempo, o FUTURO, com os seus seis soldados — Tiver, Tiveres, Tiver, Tivermos, Tiverdes e Tiverem. E pronto! Acabou-se o Modo Subjuntivo, que é o Modo que indica alguma coisa possível.

— Qual o que vem agora? — perguntou o menino.

— Vai desfilar agora o MODO INFINITIVO — respondeu Quindim. — Esse Modo só tem dois Tempos — o PRESENTE IMPESSOAL, com um soldado único — Ter; e o PRESENTE PESSOAL, com seis soldados — Ter, Teres, Ter, Termos, Terdes e Terem.

— Hum!... — exclamou Emília quando viu passar, muito teso e cheio de si, o soldadinho Ter, do Presente Impessoal. — Este é o tal Infinito, pai de todos e o que dá nome ao Verbo. Um verdadeiro general. Merece parabéns pela disciplina da sua tropa.

Fechava a marcha do Modo Infinito o PARTICÍPIO PRESENTE, composto do soldado Tendo, seguido logo depois do PARTICÍPIO PASSADO, composto também de um só soldado, um veterano muito velho, com o peito cheio de medalhas — Tido.

— Parece o Garibaldi — asneirou a boneca. — Escangalhado, mas glorioso.

Estava finda a revista do Verbo Ter. O rinoceronte perguntou aos meninos se queriam assistir a outras.

— Não — respondeu Narizinho. — Quem vê um Verbo vê todos. Só quero saber que história é essa de Verbos REGULARES e IRREGULARES. Estou notando ali uma cerca que separa uns de outros.

— Verbos Regulares são os bem-comportados — explicou Quindim —, os que seguem as regras muito direitinhos. Verbos Irregulares são os rebeldes, os que não se conformam com a disciplina. Este Senhor Ter, por exemplo, é Irregular, visto como não segue o PARADIGMA da Segunda Conjugação.

— Que Paradigma é esse agora? — indagou Pedrinho.

— Cada Conjugação possui o seu Regulamento, ou Paradigma, a fim de que todos os Verbos Regulares formem as suas PESSOAS sempre do mesmo modo.

— Que Pessoas, Quindim?

— Os soldadinhos são as Pessoas dos Verbos, creio que já expliquei. Tenho, Tens, Tem, Temos, Tendes e Têm, por exemplo, são as seis Pessoas do Tempo Presente do Modo Indicativo.

— Com que então o tal Ter é irregular, hein? Não parecia.

— E além de Irregular é AUXILIAR. Os Verbos Ter, Ser, Estar e Haver são chamados Verbos Auxiliares porque além de fazerem o seu serviço ainda ajudam outros Verbos. Quando alguém diz: Tenho brincado muito, está botando o Verbo Ter como auxiliar do Verbo Brincar.

— E que outras qualidades do Verbo há?

— Muitas. Verbo é coisa que não acaba mais. Há Verbos DEFECTIVOS, uns coitados, com falta de Modos, Tempos ou Pessoas. Há os Verbos PRONOMINAIS, que não sabem viver sem um Pronome Oblíquo adiante ou atrás, como Queixar-se. Sem esse Se, ou outro Pronome, ele não se arruma na vida. Há os Verbos ATIVOS, que dizem o que o Sujeito faz; e há os Verbos PASSIVOS, que dizem o que fizeram para o Sujeito. A frase: Eu comi o doce está com um Verbo Ativo. A frase: O doce foi comido por mim está com um Verbo Passivo (Foi Comido). Se formos falar tudo, tudo, a respeito de Verbos, ficaremos aqui o dia inteiro. Gentinha que muda de forma como eles fazem, dá pano para mangas! E são exigentíssimos. Uns não sabem viver sem um COMPLEMENTO adiante, e por isso se chamam Verbos TRANSITIVOS. Outros dispensam o Complemento, e por isso se chamam INTRANSITIVOS. Queimar, por exemplo, é Transitivo, porque exige Complemento. Se alguém diz: O fogo queimou, a frase fica incompleta; e quem ouve pergunta logo o que é que o fogo queimou. Essa coisa que o fogo queimou, seja mato, lenha ou carvão, constitui o Objeto Direto de Queimou.

— E os Intransitivos?

— Esses não pedem Complemento, como eu já disse. O Verbo Morrer, por exemplo, é Intransitivo. Quando a gente diz: O gato morreu, a frase está perfeita e ninguém pergunta mais nada.

— Eu pergunto! — gritou Emília. — Pergunto de que morreu, e quem o matou e onde jogaram o cadáver.

Quindim coçou a cabeça.

# EMÍLIA NA CASA DO VERBO SER

Emília teve uma grande ideia: visitar o Verbo Ser, que era o mais velho e graduado de todos os Verbos. Para isso imaginou um estratagema: apresentar-se no palácio em que ele vivia, na qualidade de repórter dum jornal imaginário. — O *Grito do Pica-Pau Amarelo*.

— Meu caro senhor — disse ela ao porteiro do palácio —, eu sou redatora do *Grito do Pica-Pau Amarelo,* o mais importante jornal do sítio de Dona Benta, e vim cá especialmente para obter uma entrevista do grande e ilustre Verbo Ser. Será possível?

O porteiro mostrou-se atrapalhado, porque era a primeira vez que aparecia por ali uma repórter daquela marca. A cidade da língua costumava ser visitada apenas por uns velhos carrancas, chamados filólogos, ou então por gramáticos e dicionaristas, gente que ganha a vida mexericando com as palavras, levantando o inventário delas, etc. Mas uma jornalista, e jornalista daquele tamanho, isso era novidade absoluta.

— Vou ver se ele recebe a senhorita — respondeu o guarda.

— Pois vá, e interesse-se pelo meu caso, que não perderá o tempo —

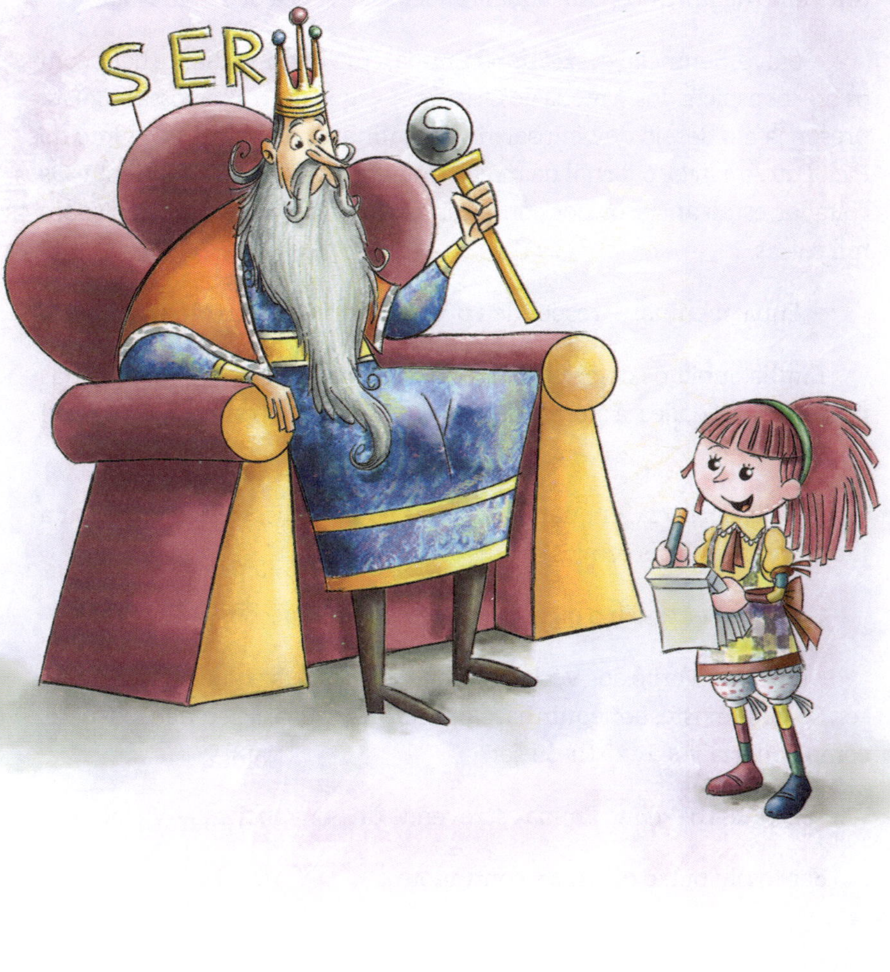
SER

disse Emília. — Mando-lhe lá do sítio uns bolinhos de Tia Nastácia, que são excelentes.

O venerando Verbo Ser ouviu o guarda e estranhou o pedido de entrevista; mas como tivesse muito medo da imprensa, não pôde recusar-se a receber aquela repórter.

Emília foi levada à presença dele e entrou muito tesa, com um bloquinho de papel debaixo do braço e um lápis sem ponta atrás da orelha. O venerando ancião estava sentado num trono, tendo em redor de si os seus sessenta e oito filhos — ou Pessoas dos seus Modos e Tempos. Parecia um velho de mil anos, com aquela cabeleira branca de Papai Noel.

— Salve, Serência! — exclamou Emília, curvando-se diante dele, com os braços espichados, à moda do Oriente. — O que me traz à vossa augusta presença é o desejo de bem servir aos milhares de leitores do *Grito do Pica-Pau Amarelo*, o jornal de maior tiragem do sítio de Dona Benta. Os coitados estão ansiosos por conhecer as ideias de Vossa Serência sobre mil coisas.

— Suba, menina! — respondeu o Verbo Ser com voz trêmula.

Emília subiu os degraus do trono, abrindo caminho a cotoveladas por entre a soldadesca atônita, e foi postar-se bem defronte do venerável ancião.

— Fale, Serência, enquanto eu tomo notas — disse ela, e começou a fazer ponta no lápis com os dentes.

O Verbo Ser tossiu o pigarro dos séculos e começou:

— Eu sou o Verbo dos Verbos, porque sou o que faz tudo quanto existe ser. Se você existe, bonequinha, é por minha causa. Se eu não existisse, como poderia você existir ou ser?

— Está claro — disse Emília escrevendo uns garranchos. — Vá falando.

Ser tossiu outro pigarro e continuou:

— Muitos gramáticos me chamam VERBO SUBSTANTIVO[16], como quem diz que eu sou a substância de todos os demais Verbos. E isso é verdade. Sou a Substância! Sou o Pai dos Verbos! Sou o Pai de Tudo! Sou o Pai do Mundo! Como poderia o mundo existir, ou ser, se não fosse eu? Responda!

— Não tem resposta, Serência. É isso mesmo — disse Emília, escrevendo. — Os leitores do *Grito* vão ficar tontos com a minha reportagem. O diabo é este lápis sem ponta. Não haverá por aí algum canivete ou faca que não seja de mesa, Serência?

Não havia canivete, nem faca, nem nenhum instrumento cortante naquela cidade de palavras, de modo que Emília só podia contar com os seus dentes. Mas tanto roeu o lápis, sem conseguir boa ponta, que ele foi diminuindo, diminuindo, até virar um toquinho inútil. Acabou-se o lápis — e foi essa a verdadeira causa de o *Grito do Pica-Pau Amarelo* (jornal que aliás nunca existiu) não haver publicado a mais sensacional reportagem que ainda foi feita no mundo.

O Verbo Ser falou muita coisa de si, contando toda a sua vida desde o começo dos começos. Disse que já havia morado na cidade das palavras latinas, hoje morta.

— Naquele tempo eu me chamava Esse. Depois que a cidade latina começou a decair, mudei-me para as cidades novas que se foram formando por perto, e em cada uma assumi forma especial. Aqui nesta tomei esta forma que você está vendo e que se escreve apenas com três letras. Na cidade de Galópolis virei Être. Em Italópolis virei Essere. Em Castelópolis sou como aqui mesmo.

— Então foi em Roma que Vossa Serência nasceu?

— Não, menina. Sou muito mais velho que Roma. Antes de mudar-me para lá eu já existia na cidade das palavras sânscritas; e antes de ir para

---

16  O verbo ser é denominado hoje verbo de ligação.

a cidade das palavras sânscritas, eu já vinha não sei de onde. Perdi a memória do lugar e do tempo em que nasci, embora esteja convencido de que nasci junto com o mundo.

— Pois olhe — disse Emília —, está bem rijinho para a idade... Dona Benta, com sessenta e oito anos apenas, não chega aos pés de Vossa Serência.

— Nós, palavras, vivemos muito mais do que as criaturas humanas.

— Mas também morrem — observou Emília, apontando para o cemitério que se avistava através da janela.

— Sim. Morrem certas palavras que não são de boa raça. Um Verbo como eu não morre nunca. Muda de aspecto apenas, e emigra duma cidade para outra. Eu nunca hei de morrer.

— Assim seja, Serência! — disse Emília. — Porque se Vossa Serência cai na asneira de morrer, como iremos nós nos arranjar lá no mundo? Ninguém mais poderá ser coisa nenhuma...

Pela janela aberta via-se um trecho de rua, onde o Visconde estava a passear de braço dado a uma palavra esquisita.

— Quem é aquele figurão? — perguntou Ser, franzindo os sobrolhos.

— Pois é o nosso grande Visconde de Sabugosa, um verdadeiro sábio da Grécia. Gosta muito de arcaísmos e outras velharias. Juro que a palavra que está com ele é coroca.

— Não é, não. Já foi coroca; hoje está remoçada. Aquela palavra é a tal Paredro, que em Roma conheci sob a forma latina Paredrus. Emigrou para cá comigo, mais ninguém quis saber dela. Os homens não a chamavam nunca para coisa alguma, e por fim a coitada teve de desocupar o beco e ir viver no bairro dos Arcaísmos. Pois sabe o que aconteceu? Um belo dia um deputado brasileiro, que era o grande romancista Coelho Neto, teve a ideia de requisitá-la para a meter num discurso. Já lhe mandamos a palavra requisitada, ainda cheia de pó e teias de aranha como se achava. Paredro entrou no discurso do deputado, fez sucesso e voltou rejuvenescida. Desde então passou a receber frequentes chamados e acabou vindo morar de novo aqui no centro, em companhia das palavras vivas. Casos como esse, porém, são raríssimos. Em geral, quando uma palavra morre, morre duma vez.

A conversa de Emília com o Verbo Ser durou bastante tempo. Um velho velhíssimo como aquele tem muito que contar. Por fim acabaram amigos, e Emília pediu-lhe que a acompanhasse numa visitinha aos Advérbios, espécie de palavras que ela ainda não conhecia.

— Pois não. Com muito prazer — disse o venerável velho, e tomando-lhe a mãozinha saiu com ela do palácio.

# A TRIBO DOS ADVÉRBIOS

— O caminho é por aqui, senhorita — disse o Verbo Ser. — Os Senhores ADVÉRBIOS moram no bairro das PALAVRAS INFLEXIVAS[17], onde também moram as PREPOSIÇÕES, as CONJUNÇÕES e as INTERJEIÇÕES.

— Que quer dizer Palavra Inflexiva?

— Quer dizer palavra de queixo-duro, que não muda nunca de forma, como o fazemos nós, os Verbos. As Palavras Inflexivas são rígidas como se fossem feitas de ferro.

— Mas que é Advérbio? — indagou Emília.

— Advérbio é uma palavra que nos modifica a nós, Verbos; e que modifica os Adjetivos; e que, às vezes, também modifica os próprios Advérbios.

— Que danadinhos, hein? — exclamou Emília. — Mas de que jeito modificam?

---

17  Hoje chamadas de invariáveis.

— De muitos jeitos. Modificam de Lugar, tirando daqui e pondo ali. Modificam de Tempo, fazendo que seja agora ou depois. Modificam de Modo ou Qualidade, ou fazendo que seja desse jeito ou daquele, ou que seja assim ou assado. Modificam de Quantidade, fazendo que seja mais ou menos. Modificam de Ordem, fazendo que seja em primeiro lugar ou não. Pelos rótulos das prateleiras você poderá ver de que jeito eles modificam a gente.

— A gente verbática — frisou Emília —, porque eu também sou gente e nada me modifica. Só Tia Nastácia, às vezes...

— Quem é essa senhora?

— Uma Advérbia preta como carvão, que mora no sítio de Dona Benta. Isto é, Advérbia só para mim, porque só a mim é que ela modifica. Para os outros é uma Substantiva que faz bolinhos muito gostosos.

Na Casa dos Advérbios, Emília encontrou-os em caixinhas, com rótulos na tampa. Primeiro abriu a caixinha dos Advérbios de LUGAR, onde encontrou os seguintes: Aqui, Ali, Lá, Além, Longe, Adiante, Atrás, Fora, Abaixo, Acima, e outros conhecidos seus.

Na segunda caixinha viu os Advérbios de TEMPO — Hoje, Agora, Cedo, Amanhã, Ontem, Tarde, Nunca, Depois, Ainda, Entrementes.

— Oh — exclamou Emília, agarrando o Entrementes pelo cangote. — Não sabia que era aqui que morava este freguês. Conheço um moço que tem tanta birra deste coitado que risca todos que encontra nas páginas dos livros. Mas não é tão feio assim, o pobre. Que acha, Serência?

O Verbo Ser moveu os ombros, como quem não acha nem desacha coisa nenhuma, e Emília jogou o pobre Entrementes para debaixo da mesa.

Na terceira caixinha estavam os Advérbios de MODO ou de QUALIDADE — Bem, Mal, Assim, Apenas, Rente, Ainda, Também e outros.

Na quarta estavam os Advérbios de QUANTIDADE — Muito, Pouco,

Bastante, Mais, Menos, Tão, Tanto, Quanto, Que, Quase, Metade, Todo e outros.

Na quinta caixinha Emília viu os Advérbios de ORDEM — Primeiro, Antes, Depois etc.

— Estou notando um erro — disse Emília. — Esse Primeiro que vejo aqui é um Adjetivo Numeral Ordinal. Já me encontrei com ele na Casa dos Adjetivos.

— Não, senhorita. Este Primeiro aqui é Advérbio e o outro Primeiro que viu lá é Adjetivo.

— Como isso? Não são iguais?

— São iguais na forma, mas diferentes no sentido. Quando alguém diz O Primeiro Homem, está usando a palara Primeiro como Adjetivo, porque ela está numerando Homem. Mas quando alguém diz: Primeiro Vou Eu, então Primeiro é Advérbio, porque não está numerando coisa nenhuma e sim dizendo em que ordem o Senhor Eu vai. Compreende?

Na sexta caixinha Emília viu os Advérbios de AFIRMAÇÃO — Sim, Deveras, Certamente.

Na sétima viu os Advérbios de DÚVIDA — Talvez, Caso, Acaso, Porventura, Quiçá.

Na oitava viu os Advérbios de NEGAÇÃO — Não, Nunca, Jamais, Nada.

Na nona viu os Advérbios de DESIGNAÇÃO — Eis, Eis Que, Eis Aqui, Eis Aí, Eis Ali.

Emília notou que em quase todas as caixinhas havia Advérbios terminados em Mente, e depois viu que a um canto estava uma grande caixa cheia dessas palavrinhas.

— Que mentirada é esta aqui? — perguntou. — Que tanto Mente, Mente?...

— Isto é um caso curioso — explicou Ser. — Esta palavra Mente é um velho Substantivo, com o significado de maneira ou intenção que os homens começaram a empregar no fabrico de Advérbios. Hoje não é mais substantivo e sim rabo de Advérbio, ou Terminação Adverbial, como dizem os gramáticos. Grudando-se um rabinho destes a um Adjetivo, sai um Advérbio. Constante, por exemplo, é Adjetivo; põe o rabinho e vira o Advérbio Constantemente.

— Que engraçado! — exclamou Emília, arregalando os olhos. — De maneira que, se cortarmos o rabinho de Constantemente, aparece o Adjetivo outra vez, não é?

— Está claro.

Para tirar a prova, Emília agarrou o Constantemente e arrancou-lhe a caudinha — e, de fato, o Adjetivo Constante saiu a pular de satisfação, indo numa corrida para a casa dos Adjetivos, enquanto a caudinha saltava para dentro do caixão de Mentes.

— Os Adjetivos — disse Ser — gostam às vezes de figurar de Advérbio, mesmo sem uso do rabinho. Você, por exemplo, pode dizer: Eu grito alto, em vez de dizer: Eu grito altamente. O Adjetivo Alto faz aí o papel de Advérbio.

Emília viu ainda outra caixa de Advérbios de ares estrangeirados.

— E estes gringos? — perguntou.

— São Advérbios latinos que ainda têm uso no Brasil. Moram nessa caixa o Máxime, o Infra, o Supra, o Grátis, o Bis, o Primo, o Segundo e outros. E aqui, nesta última caixa, moram uns adverbiozinhos que não são Inflexivos como os demais, porque mudam de forma quando querem exagerar. Isto significa que eles têm Grau, como os Adjetivos. Este Perto, por exemplo, sabe virar-se em Pertinho e Pertíssimo.

— Chega de Advérbios — berrou Emília. — Vamos ver as Senhoras Preposições.

# AS PREPOSIÇÕES

— Gosto dos Advérbios — foi dizendo Emília, enquanto Ser a levava para a casa das PREPOSIÇÕES. — Eles prestam enormes serviços a quem fala. Impossível a gente dizer uma coisa do modo exatinho como é preciso sem usar qualquer Advérbio.

— Sim — concordou Ser. — Ninguém pode arrumar-se na vida sem eles. Até nós, Verbos, ganhamos imensamente com as modificações que eles nos fazem. Mas, bem consideradas as coisas, não existe palavra que não seja indispensável. Sem os Nomes, de que valeríamos nós, Verbos? E sem Verbos, de que valeriam os Nomes? Todas as palavras ajudam-se umas às outras, e desse modo os homens conseguem exprimir todas as ideias que lhes passam pela cabeça.

A Casa das Preposições não era grande, porque há poucas palavras nessa família.

— Estas senhoritas — disse Ser — servem para ligar outras palavras entre si, ou para ligar uma coisa que está atrás a uma que está adiante. O Advérbio modifica; a Preposição liga.

— Quer dizer que são os barbantes, as cordinhas da língua — observou Emília.

— Isso mesmo. Constituem os amarrilhos da língua. Sem elas a frase ficaria telegráfica, ou desamarrada. Aqui estão todas neste armário, olhe.

Emília examinou-as uma por uma, para as decorar bem, bem. Viu lá as Preposições A, Ante, Após, Até, Com, Contra, Conforme, Consoante, De, Desde, Durante, Em, Entre, Para, Por, Sem, Sobre, Sob e outras.

— Bravos! — gritou Emília. — São umas cordinhas preciosas estas. A gente não pode dizer nada sem usá-las, sobretudo as menorzinhas, como A, Até, Com, De, Sem, Por...

— Creio que a Preposição De é a mais importante — disse Ser. — Num concurso de utilidade, De venceria. É como ali adiante a conjunção E, que é a menor de todas. Tão econômica que até se escreve com uma letra só — e no entanto é uma danadinha de útil.

— Vamos visitar as Conjunções! — gritou Emília.

## ENTRE AS CONJUNÇÕES

O Verbo Ser levou Emília para a Casa das CONJUNÇÕES, que ficava ao lado.

— As Conjunções — explicou ele — também ligam; mas em vez de ligarem simples palavras (como fazem as Preposições) ligam grupos de palavras, ou isso a que os gramáticos chamam ORAÇÃO.

— Oração não é reza? — perguntou Emília.

— É reza e é também uma frase que forma sentido perfeito. Quando alguém diz: Emília é uma boneca, está formando uma Oração curtinha. Mas há frases muito compridas, compostas de várias Orações; nesse caso é preciso ligar as Orações entre si por meio das Conjunções.

Não fazendo isso, a frase cai aos pedaços.

— Compreendo — disse Emília. — Se eu digo... — e engasgou.

— Espere — advertiu Ser. — Se você diz: A água é mole e a pedra é dura, você está amarrando duas Orações diversas com o barbantinho da Conjunção E.

Emília viu na Casa das Conjunções dois armários, um com as Conjunções COORDENATIVAS e outro com as Conjunções SUBORDINATIVAS.

No armário das Coordenativas encontrou muitas conhecidas suas, como E, Também, Então, Bem Como, Que, Ou, Mas, Porém, Todavia, Senão, Somente, Pois Bem, Ora, Aliás...

— Como são numerosas! — comentou a boneca. — Nunca supus que fosse necessário tanta variedade de fios para amarrar as Senhoras Orações.

— Os homens costumam amarrar as Orações de tantos modos diferentes, que todas essas cordinhas se tornam necessárias.

Emília ainda viu lá Logo, Pois, Portanto, Assim, Por Isso, Daí, Ou, Isto É, Por Exemplo, e muitas mais.

No segundo armário estavam as Conjunções Subordinativas, que ligam as Orações dum modo especial, escravizando uma à outra. Eram igualmente abundantíssimas, e Emília notou as seguintes: Quando, Apenas, Como, Enquanto, Desde Que, Logo Que, Até Que, Assim Que, Ao Passo Que, Se, Salvo, Exceto, Sem Que, Porque, Visto Que, De Modo Que, Para Que, Segundo, Conforme, Embora e outras.

— Xi... São tantas que já estão me enjoando — disse Emília, fazendo um muxoxo. — Chega de Casa de Fios. Vamos ver outra coisa.

— Só nos resta visitar as Interjeições — disse o Verbo Ser, tirando do bolso uma caixinha de rapé para tomar a sua pitada.

— Isso é tabaco ou pó de pirlimpimpim? — perguntou Emília.

— Pó de pirlimpimpim? — repetiu o Verbo Ser, franzindo a testa. — Que pó é esse?

Emília riu-se.

— Nem queira saber, Serência! É um pozinho levado da breca. Uma vez tomamos uma pitada e fomos parar na Lua...

E enquanto ia caminhando para a Casa das Interjeições, a boneca desfiou a primeira aventura da *Viagem ao Céu*.

# A CASA DA GRITARIA

— Que barulhada! — exclamou Emília, ao aproximar-se da Casa das INTERJEIÇÕES. — Será algum viveiro de papagaios?

— São elas. Aquilo lá dentro parece um hospício, porque as Interjeições não passam de gritinhos.

— Gritos de quê?

— De tudo. Gritos de Dor, de Alegria, de Aplauso...

A Casa das Interjeições parecia mesmo um viveiro de papagaios. Assim que entrou, Emília viu passarem correndo dois gemidinhos de DOR, as Interjeições Ai! e Ui! Logo em seguida viu, a dar pulos, três gritinhos de ALEGRIA: — Ah! Oh! Eh! Depois viu três de nariz comprido, as Interjeições de DESEJO: — Tomara! Oh! Oxalá! E viu três num entusiasmo doido — as Interjeições de ANIMAÇÃO: — Eia! Sus! Coragem! E viu quatro de APLAUSO, batendo palmas: — Viva! Bravo! Bem! Apoiado! E viu mais quatro com caras de horror e nojo, que eram as Interjeições de AVERSÃO: — Ih, Xi! Irra! Apre! E viu algumas de APELO, chamando desesperadamente alguém: — Olá! Psiu! Alô! E viu duas de SILÊNCIO,

COIN COIN
TIC TAC
NHOC!
TCHIBUM!
TIC TAC
ZÁS
TRÁS!
TIC TAC TIC TAC
TIC TAC

encolhidinhas, de dedo na boca: — Psiu! Caluda! E viu uma bem velhinha, de ADMIRAÇÃO — Cáspite!

— Que baitaquinhas! — comentou Emília, tapando os ouvidos. — Já estou tonta, tonta...

— E há ainda aqui — disse o Verbo Ser — esta pequena caixa com as ONOMATOPEIAS, OU Interjeições IMITATIVAS de certos sons.

Emília viu nessa caixinha as Onomatopeias Chape!, que imita o som do animal patinhando n'água. E viu Zás-Trás!, que imita movimento rápido. E viu também o célebre Nhoc!, muito usado por Pedrinho para imitar bote de cachorro bravo. E viu Tchibum! — que imita barulho de uma coisa que cai n'água. E viu Trrrlin!, que imita som de esporas no assoalho. E viu Tique-Taque, som de relógio. E Toque-Toque, som de batida em porta. E viu Coin, Coin, Coin, som de Rabicó quando leva pelotadas do bodoque de Pedrinho.

— Sim, senhor! — disse Emília, retirando-se. — São muito galantinhas, mas deixam uma pessoa atordoada. Lá no sítio usamos muito algumas destas interjeições, e ainda várias outras inventadas por nós. Tia Nastácia é uma danada para inventar Interjeições. Danada para tudo, aquela negra...

E, mudando de tom:

— Por que Vossa Serência não aparece por lá, um dia, para uma visita a Dona Benta? Por ser muito velho? Ora, deixe-se disso!... Estamos lá acostumados com a velhice. Dona Benta é velha e Tia Nastácia também. Cachorro bravo?... Oh, é bicho que nunca houve no sítio. Só temos Rabicó, que é um marquês que não morde, e a Vaca Mocha, que não tem chifre — e agora este Quindim, que é a pérola dos gramáticos.

— E há ainda mais coisas por lá — continuou Emília, depois de uma pausa. — Há os famosos bolinhos de Tia Nastácia, feitos de polvilho, leite, uma colherzinha de sal, etc. Depois ela frita. Quando Rabicó sente de longe o cheiro desses bolinhos, vem na volada. Mas não pilha um só. É comida de gente e não de... marquês.

E finalizou, com uma piscadinha marota:

— Dona Benta é viúva. Vá, que até pode sair casamento...

O Verbo Ser olhava para Emília com os olhos arregalados. Ele não sabia a história da célebre torneirinha de asneiras...

# A SENHORA ETIMOLOGIA

Depois que se despediu do Verbo Ser, Emília foi correndo em procura dos companheiros. Encontrou-os na Praça da ANALOGIA, rodeados de várias palavras. O Visconde conversava com duas absolutamente iguais na forma, embora de sentido diferente — as palavras Pena (dó) e Pena (de escrever).

— Não acho isso direito — dizia o Visconde para a primeira Pena. — Se a senhora significa uma coisa tão diversa da significação da sua companheira, por que não muda, para evitar confusões?

— Sim — disse Emília, chegando e metendo a sua colherzinha torta na conversa. — Por que não usa um sinal — uma cruz na testa ou uma peninha de papagaio na cabeça, por exemplo?

— Nós, palavras, não temos a liberdade de nos mudar a nós mesmas — respondeu Pena (dó). — Unicamente o uso lá entre os homens é que nos muda, como acaba de suceder a esta minha HOMÔNIMA, a Senhora Pena (de escrever.) Ela já teve dois NN e agora tem um só.

— Pare! — gritou Emília. — Que "Homônima" é essa, que apareceu sem mais nem menos?

— Pena (de escrever) é minha Homônima. Homônima quer dizer uma palavra que tem a mesma forma de outra, embora de significado diverso. Nós duas aqui somos Homônimas, do mesmo modo que grande número de outras palavras desta cidade. Cesta (balaio) e Sexta (número), por exemplo; Cela (quartinho) e Sela (de cavalo), Bucho (estômago) e Buxo (árvore), Cartucho (de espingarda) e Cartuxo (frade) são palavras Homônimas.

E há ainda outras diferencinhas. Se somos iguais unicamente no som, os gramáticos nos chamam HOMÓFONAS, como essas que citei. E se somos iguais na forma escrita, eles nos chamam HOMÓGRAFAS.

— Então você, Pena (dó), é Homônima, Homófona e Homógrafa de Pena (de escrever) — disse Emília, que tinha prestado toda a atenção. — Que judiaria! Tão pequenininha e xingada pelos gramáticos de tantos nomes esquisitos...

— Mas isso de vocês terem a mesma forma ou o mesmo som — observou Narizinho — há de atrapalhar muito aos homens. Quando eles se encontram diante de palavras Homônimas, Homófonas e Homógrafas devem ficar tontos.

— Puro engano — respondeu Pena (dó). — Seria assim se os homens nos encontrassem soltas como andamos aqui. Mas lá entre eles só aparecemos metidas em frases, e então é pelo Sentido que os homens nos distinguem. Quem ouve a frase: Estou escrevendo com uma pena de bico chato, vê logo que se trata da minha amiga Pena de escrever. Mas quem ouve exclamar: Que pena tenho dela!, percebe imediatamente que se trata de mim. É pelo sentido da frase que se conhecem as palavras.

— Muito bem — disse Emília. — A senhora é uma grande sabidinha. E quem são aquelas que ali estão de prosa, duas a duas?

— Oh, aquelas são as palavras SINÔNIMAS e ANTÔNIMAS.

— Explique-nos isso — pediu a menina.

— Palavras Sinônimas — disse Pena (dó) — são as que significam a mesma coisa, ou quase a mesma coisa, embora tenham forma diferente. Lábio e Beiço, por exemplo; Habitar e Morar; Cavalo e Corcel; Olhar e Ver; são palavras Sinônimas.

— E as Antônimas?

— Palavras Antônimas — respondeu Pena (dó) — são as que têm sentido oposto, como Noite e Dia; Sim e Não; Com e Sem; Ódio e Amor; Bom e Mau.

— Engraçado! — berrou Emília. — Então Dona Benta é Antônima de Tia Nastácia!...

— Que absurdo é esse, Emília! — exclamou Narizinho.

— Sim, sim — insistiu a boneca —, porque uma é branca, e outra é preta.

— As cores delas é que são Antônimas, boba, e não elas...

Durante toda a conversa o rinoceronte manteve-se afastado, de beiço caído, refletindo distraidamente. Emília deu-lhe um beliscão.

— Acorde, boi sonso! Que nostalgia é essa?

— Estou pensando em coisas passadas — respondeu o excelente paquiderme. — Estou pensando na velhice destas palavras. Vieram de muito longe, sofreram grandes mudanças e continuam a transformar-se, como essa Pena de escrever, que acaba de perder um N. A maioria delas já morou na antiga Roma, há dois mil anos. Depois espalharam-se pelas terras conquistadas pelos romanos e misturaram-se às palavras que existiam nessas terras. E vieram vindo, e vieram vindo, até chegarem ao que hoje são. Enquanto vocês estavam de prosa com Pena (dó), eu pus-me a recordar a forma dessa palavra no tempo dos romanos. Escrevia-se Poene. E antes ainda de escrever-se assim, escrevia-se Poine, no tempo ainda mais antigo em que ela morava na Grécia.

— Que divertimento interessante não deve ser o estudo de cada palavra! — exclamou Pedrinho. — Hão de ter cada uma o seu romance, como acontece com a gente...

— E assim é — confirmou o rinoceronte. — Esse estudo chama-se Etimologia.

— Quem está falando aí em Etimologia? — gritou Pena (dó), que estivera distraída a ouvir a boneca narrar as aventuras da *Viagem ao Céu*; e vendo que era o rinoceronte, acrescentou: — A Senhora Etimologia reside aqui perto. Por que não dão um pulinho até lá, para visitá-la?

— Boa ideia! — exclamou Pedrinho. — Mas não é muito rabugenta, essa dama?

— Nada! — respondeu Pena (dó). — É até uma excelente criatura — e sabidíssima, upa!... Conhece a vida de todas nós, uma por uma, nos menores detalhes. Sabe onde nascemos, de quem somos filhas e de que modo vimos mudando através dos séculos. Constantemente aparecem por aqui filólogos, gramáticos e fazedores de dicionários para consultar Dona Etimologia a propósito de mil coisinhas.

— Pois vamos vê-la — propôs o Visconde, já assanhado.

Velhas eram com ele, que também já estava velho e embolorado. Só Emília discordou. Preferia visitar a Senhora PROSÓDIA, que ensina o modo de pronunciar as palavras. Emília errava muito na pronúncia e queria aprender.

— Prefiro saber como é que se pronuncia uma palavra a saber onde, como e quando ela apareceu. Sou "prática"...

Mas Narizinho empacou.

— Agora, não, Emília. Depois. Depois visitaremos Dona Prosódia. Neste momento eu resolvo que se visite a Etimologia. Você não manda.

E como o caso fosse assim despoticamente resolvido, dirigiram-se todos para a residência da Senhora Etimologia.

Encontraram lá uma velha coroca, de nariz recurvo e uma papeira — a papeira da sabedoria. Encontraram-na com a casa entupida de filólogos, gramáticos e dicionaristas. Foi o que disse a criada que os atendeu da janela.

Pedrinho espiou pelo buraco da fechadura.

— Xi!... — exclamou. — Está "assim" de carranças lá dentro. Impossível que ela nos receba hoje. Os carranças estão de óculos na ponta do nariz e lápis na mão, tomando notas. Até que ela atenda a todos...

Puseram-se a escutar. A velha explicava a um daqueles homens como é que certa palavra havia passado do grego para o latim.

— Ché!... — exclamou Emília. — Ainda estão no grego e no latim, imaginem! O melhor é espantarmos esses gramáticos e tomarmos conta da velha só para nós.

E voltando-se para o rinoceronte:

— Vamos, Quindim! Bote o focinho aqui no buraco da fechadura e solte um daqueles berros que os paquidermes dão nas "plagas africanas", quando o leão aparece na "fímbria do horizonte".

O rinoceronte não quis obedecer, achando aquilo impróprio e nada gramatical; mas Emília resolveu o caso dizendo que um berro era uma Interjeição e, portanto, uma coisa perfeitamente gramatical. Quindim então obedeceu. Ajustou o focinho ao buraco da fechadura e desferiu uma formidável Interjeição que abalou a casa:

— Muuu!

## UMA NOVA INTERJEIÇÃO

Houve um rebuliço de pânico lá dentro, e logo depois surgiram, a fugir pelas janelas, mais filólogos e gramáticos e dicionaristas do que fogem ratazanas duma despensa quando o gatão aparece. A casa da velha ficou completamente vazia.

— Sim, senhor! O seu berro, Quindim, é que nem Flit, e merece ir para a Casa das Interjeições com um letreiro novo: Interjeição espantativa de gramáticos...

Desimpedida que ficou a casa da velha, entraram todos, menos o rinoceronte, que não cabia na porta. Toparam a Etimologia intrigadíssima com aquele *Muuu!*... Som jamais ouvido na zona.

— Não conheço essa interjeição — declarou ela, assim que os meninos a rodearam. — Só conheço o Mu! dos bois, mas este que ouvi não me parece nada bovino.

— Este é rinocerontino, minha senhora! — explicou Emília, com toda a sapequice. — Veio da África. A senhora conhece a África?

A Etimologia não conhece as coisas; só conhece as palavras que designam as coisas. De modo que, ao ouvir aquela pergunta, julgou que a boneca se referisse à palavra África, e respondeu:

— Sim, é uma palavra de origem latina, ou melhor, puramente latina, porque não mudou. A propósito...

— Espere — interrompeu Emília. — A história da palavra África não nos interessa. Preferimos conhecer a história de outras palavras mais importantes, como, por exemplo, Boneca. A velha riu-se da presunção da criaturinha e respondeu:

— Boneca, minha cara, é o feminino de Boneco, palavra que veio do holandês Manneken, homenzinho. Houve mudança do M para B — duas letras que o povo inculto costuma confundir. A palavra Manneken entrou em Portugal transformada em Banneken, ou Bonneken, e foi sendo desfigurada pelo povo até chegar à sua forma de hoje, Boneco. Dessa mesma palavra holandesa nasceu para o português uma outra — Manequim.

— Mas então o povo, isto é, os ignorantes ou incultos, influi assim na língua? — disse Pedrinho.

— Os incultos influíram e ainda influem muitíssimo na língua — respondeu a velha. — Os incultos formam a grande maioria, e as mudanças que a maioria faz na língua acabam ficando.

— Engraçado! Está aí uma coisa que nunca imaginei...

— É fácil de compreender isso — observou a velha. — As pessoas cultas aprendem com professores e, como aprendem, repetem certo as palavras. Mas os incultos aprendem o pouco que sabem com outros incultos, e só aprendem mais ou menos, de modo que não só repetem os erros aprendidos como perpetram erros novos, que por sua vez passam a ser repetidos adiante. Por fim há tanta gente a cometer o mesmo erro que o erro vira Uso e, portanto, deixa de ser erro. O que nós hoje chamamos certo já foi erro em outros tempos. Assim é a vida, meus caros meninos.

Tomemos a palavra latina Speculum — continuou a velha. — Essa palavra emigrou para Portugal com os soldados romanos, e foi sendo gradativamente errada até ficar com a forma que tem hoje — Espelho.

— E os ignorantes de hoje continuam a mexer nela — observou Narizinho. — A gente da roça diz Espeio.

— Muito bem lembrado — concordou a velha. — Essa forma Espeio é hoje repelida com horror pelos cultos modernos, como a forma Espelho devia ter sido repelida com horror pelos cultos de dantes. Mas como os cultos de hoje aceitam como certo o que já foi erro, bem pode ser que os cultos do futuro aceitem como certo o erro de hoje. Eu, que sou muito velha e tenho visto muita coisa, de nada me admiro. O homem é um animal comodista. Daí a sua tendência a adotar os erros que exigem menor esforço para a pronúncia. Espelho exige menor esforço do que Speculum, e por isso venceu. Espeio exige menor esforço do que Espelho. Quem nos diz que não acabará vencendo nestes mil ou dois mil anos? Hoje está mais difícil a ação dos ignorantes sobre a língua, por causa do grande número de livros e jornais que existem e fixam a forma atual das palavras. Mas antigamente quem fazia a língua era justamente o ignorante.

Dona Etimologia tomou fôlego e bebeu um golinho de chá. Emília foi cheirar a xícara para saber se era chá-da-índia ou de erva-cidreira...

— Mas qual a sua principal ocupação nesta cidade, minha senhora? — perguntou o menino.

— Eu ensino a origem e a formação de todas as palavras.

— Pois então nos conte a origem de algumas. Dona Etimologia bebeu mais um golinho de chá (enquanto Emília cochichava para Narizinho: "É de cidreira!") e começou:

— As palavras desta cidade nova, onde estamos, vieram quase todas da cidade velha, que fica do outro lado do mar. Lá na cidade velha, porém, essas palavras levaram uns dois mil anos para se formarem.

— Como foi isso? Explique.

— Nos começos, as terras em redor dessa cidade haviam sido ocupadas pelos soldados romanos, que só falavam latim. Esses soldados moravam em acampamento (ou Castra, como se dizia em latim), de modo que foi em redor dos acampamentos que a língua nova começou a surgir.

— Que língua nova?

— A portuguesa. Os moradores das terras ocupadas pelos romanos, ou Aborígines, eram bárbaros incultíssimos, que foram aprendendo o latim lá à moda deles — isto é, estropiadamente, todo errado e com muita mistura de termos e modos de falar locais. Tanto estropiaram o pobre latim que ele virou um Dialeto ou uma variante do latim puro. Depois os romanos se retiraram, mas o dialeto ficou vivendo a sua vidinha, e foi evoluindo, ou mudando, até tornar-se o que chamamos hoje língua portuguesa.

— Então a língua portuguesa não passa de um dialeto do latim?

— Perfeitamente. E também a língua francesa, a espanhola e a italiana não passam de outros tantos dialetos do mesmo latim. No começo, esses dialetos eram muito pobres em palavras e modos de dizer. Com o tempo, entretanto, as palavras foram aumentando enormemente e também foram aparecendo novos jeitos de combinar entre si as palavras. E desse modo essas línguas enriqueceram-se.

— Mas as palavras foram aumentando como? Donde vinham? Quem era o fabricante? — quis saber a menina.

— Umas nasciam lá mesmo, inventadas pelo povo; outras eram criadas pelos eruditos, que são os sabidões; outras eram importadas dos países estrangeiros.

— Mas o povo? Como é que o povo forma palavras?

— Muito simplesmente. O povo combina entre si palavras já existentes e forma novas.

— Isso lá no sítio se chama "tirar cria" — lembrou Pedrinho.

— Em Gramática se chama DERIVAÇÃO, querendo dizer que uma palavra sai de outra, ou deriva de outra. Neste processo de Derivação há umas certas palavrinhas, sem sentido próprio, que possuem uma função muito importante. São os PREFIXOS e SUFIXOS. Os prefixos grudam-se no começo da palavra, e os sufixos grudam-se no fim. Estes constituem verdadeiros rabinhos, que por si nada dizem, mas que, pregados a outras palavras, servem para dar-lhes uma forma nova e um sentido novo.

— Espere! — gritou Emília. — Conheço um rabinho desses muito usado na fabricação de Advérbios — o tal Mente. Basta pregá-lo no traseiro dum Adjetivo para aparecer um lindo Advérbio novo. É Sufixo o tal Mente?

— Sim, bonequinha — respondeu a velha, admirada da esperteza da Emília. — Mente é um sufixo só de uso para fazer Advérbios. Existem inúmeros outros, como Ária, Ado, Agem, Ume, etc. Este Ária, por exemplo, é um Sufixo precioso, que permitiu a formação de grande número de Substantivos novos. Ária em si não quer dizer coisa nenhuma, não passa dum simples rabinho. Mas, ligado a uma palavra, cria outra nova, com ideia de quantidade. Ligado ao Substantivo Cavalo, por exemplo, dá Cavalaria, que quer dizer muitos cavalos.

— Não, senhora — protestou Emília. — Cavalo com o Ária atrás vira Cavaloaria, e não Cavalaria. A velha riu-se da exigência daquele espirro de criatura.

— Bom, minha filha — respondeu ela pachorrentamente —, confesso que errei. Eu devia ter explicado que, antes de colocar um desses rabinhos, é necessário primeiro cortar a DESINÊNCIA da palavra. Senão o Sufixo não pega, ou não solda. Cada palavra se divide em duas partes — a RAIZ e a DESINÊNCIA. Raiz é a parte fixa da palavra; Desinência é a parte final, mudável. Reparem que, em todas as palavras formadas de Cavalo, a Raiz é Caval, e notem que essa Raiz nunca muda. Caval-eiro, Caval-aria, Caval-gadura, Caval-hada...

— Caval-ência — ajuntou Emília.

— Essa palavra eu não conheço — disse a velha, com expressão de surpresa nos olhos.

— É minha! — berrou a boneca. — Foi inventada por mim com a invençãozinha que Deus me deu. Faz parte dos meus "neologismos". A velha fez uma careta igual à de Tia Nastácia lá no sítio, quando pendurava o beiço e dizia — Credo!...

# EMÍLIA FORMA PALAVRAS

— Pois é isso — continuou a velha, ainda tonta da sapequice gramatical da Emília. — A Raiz das palavras não muda; de modo que, para formar palavras novas, a gente faz como o jardineiro: poda o que não é Raiz e enxerta o Sufixo.

— Em vez de enxertar o Sufixo no fim, não é possível enxertá-lo no começo? — quis saber Narizinho.

— Não — respondeu a velha. — Os Sufixos, assim como os rabos dos animais, só se usam na parte traseira. Há, porém, os irmãos dos Sufixos, que servem justamente para enxertos no começo da Raiz.

— E como se chamam?

— Prefixos: Pre quer dizer antes. Re, Trans, A e Com, por exemplo, são Prefixos. Se tomamos o Verbo Formar e grudarmos na frente dele esses Prefixos, teremos os novos Verbos Reformar, Transformar e Conformar, todos com sentido diferente.

— Voltemos aos Sufixos, que são mais engraçadinhos — propôs Emília. — Diga uma porção deles, Dona Timótea.

PEDRA

A velha, que já estava cansada de tanto falar, tomou mais um gole de chá, e prosseguiu, apontando para um armário:

— Os Sufixos estão todos nas gavetas daquele armário. Vá lá e mexa com eles quanto quiser — mas não me chame mais de Timótea, ouviu?

Emília não esperou segunda ordem. Correu ao armário, abriu as gavetas e tirou de dentro um punhado de Sufixos. Depois espalhou-os sobre a mesa para aprender a usá-los. Pedrinho e a menina vieram tomar parte no brinquedo.

— Olhe, Narizinho — disse a boneca —, ali está uma caixa de Substantivos. Traga-me um; e você, Pedrinho, agarre aquela faca.

Os dois meninos assim fizeram. Narizinho depôs sobre a mesa um Substantivo pegado ao acaso — Pedra.

— Segure-o bem, senão ele escapa — recomendou Emília —, e agora, Pedrinho, corte a Desinência deste Substantivo dum só golpe. Vá!

— Mas esta faca será capaz de cortar Pedra? — indagou o menino, de brincadeira, só para ver o que a boneca dizia. A diabinha, porém, estava tão interessada na operação cirúrgica que apenas gritou:

— Corte e não amole!

Apesar da recomendação, o menino amolou a faca na sola do sapato e só depois disso é que — *Zás!*... atorou a Desinência de Pedra, a qual deu um gritinho agudo.

— Pronto! — exclamou Emília. — O pobre Substantivo está reduzido a uma simples Raiz. Venha ver, Dona Etimologia, como é engraçadinha esta Raiz.

Mas a velha, que andava farta e refarta de lidar com Raízes, nem se mexeu do lugar. Emília, então, tomou um dos Sufixos tirados da gaveta, justamente o Ária, e fez a ligação com um pouco de cuspo. Imediatamente surgiu a palavra Pedraria.

— Viva! Viva! — gritou ela batendo palmas. — Deu certinho! Venha ver, Dona Eufrásia! Com uma Raiz e um Sufixo fabricamos uma palavra nova, que quer dizer muitas pedras. Deixe esse chá sem graça e venha brincar.

Mas a velha estava muito velha para brincadeiras e limitou-se a tomar novo gole de chá.

— Vamos ver outro Sufixo — propôs Narizinho. Emília pegou outro, o sufixo Ada, e experimentou a ligação. Deu a palavra Pedrada.

— Ótimo! Este também dá certinho. Pedrada todos sabemos o que é. Vamos ver outro.

Emília pegou um terceiro Sufixo — Eria, e experimentou a ligação. Deu a palavra Pedreria, que não tinha sentido.

— Este não presta — gritou Pedrinho. — Não dá nada que se entenda. Veja outro, Emília — esse Eiro.

Ligou bem. Deu Pedreiro.

— Ótimo! — exclamou a boneca. — Vamos ver este Alha.

Deu Pedralha, que eles não sabiam o que era, mas estava com jeito de ser qualquer coisa. Depois experimentaram os Sufixos Ulho, Ena, Io, Dade, Ame, Uje e Al, com resultados variáveis. Uns deram, outros não deram nada. Ulho, com um Eg no meio, deu uma beleza — Pedregulho. O Sufixo Dade deu asneira — Pedrade.

Emília olhou para o rótulo da gaveta e viu que estava usando os Sufixos de COLEÇÃO.

Na gaveta imediata estavam os Sufixos de AUMENTO: AO, Zarrão, Az, Aço, etc.

Na terceira gaveta estavam os Sufixos de DIMINUIÇÃO: Inho, Zinho, Ito, Ebre, Ilho e mais uns trinta.

Na quarta estavam os Sufixos de AGENTE: Dor, Nte, Ario, Ária, Eiro, Eira, Ado.

Na quinta, os Sufixos designativos de AÇÃO ou de resultado da ação: Ção, Mento, Ada.

Na sexta estavam os Sufixos designativos de LUGAR: Ario, Ária, Eiro, Eira, Douro, Doura, Orio.

Na sétima estavam os Sufixos designativos de ESTADO: Ura, Eza, Idade, Ice, Ência, Tura, Ite.

E na oitava estavam os Sufixos de DIGNIDADE e PROFISSÃO: Ado e Ato.

Apesar de serem muitos, os meninos fizeram experiência naquela Raiz com quase todos os Sufixos, conseguindo formar as seguintes palavras derivadas de Pedra — Pedraria, Pedrada, Pedral, Pedragem, Pedreiro, Pedrama, Pedrame, Pedrume, Pedregulho (neste caso foi preciso intercalar um E e um G para dar certo), Pedrão, Pedraço, Pedraça, Pedrázio, Pedralha, Pedrorra, Pedrinha, Pedrita, Pedrete, Pedrote, Pedrilha, Pedrica, Pedrisco, Pedracho e Pedreira, ou seja, vinte e quatro ao todo.

— Vinte e quatro! — exclamou o menino. — Agora estou compreendendo por que há tantas palavras na língua. Pois se somente com esta porqueirinha de Raiz nós pudemos formar vinte e quatro palavras diversas, imagine quantas não formaríamos usando todas as raízes que existem!

— E isso lidando só com os Sufixos próprios para fazer Substantivos — disse Dona Etimologia aproximando-se —, porque há ainda os Sufixos que servem para fabricar Verbos, como, por exemplo, Gotejar, que é a raiz do Substantivo Gota ligada ao Sufixo Ejar. Com esse Ejar, e ainda com Ear, Izar, Entar, Ecer, Itar, Inhar, Icar e outros, a Emília pode passar dias e dias brincando de transformar em Verbos todos os Substantivos que houver lá no sítio.

— A senhora dá licença de levar para lá uma coleção de Sufixos? — pediu a boneca.

— Dou — respondeu a velha —, mas primeiro trate de consertar a palavra Pedra e de juntar do chão todos esses Sufixos espalhados. Quero tudo direitinho como estava.

Emília recolou a Desinência da palavra Pedra e varreu todos os Sufixos que tinham caído no chão. Depois arrumou-os, muito bem arrumadinhos, nas respectivas gavetas.

Dona Etimologia ofereceu chá aos meninos e, enquanto eles o tomavam, teve ocasião de explicar que a palavra Chá viera da China, onde significava bebida feita de certa planta, o *Thea sinensis*; depois a palavra passou a ser usada para designar a infusão de folhas ou raízes de qualquer planta. Que velha sabida! Parecia Dona Benta.

— Bom, bom, bom — exclamou ela, ao terminar o lanche e sem erguer-se da mesa. — Isso de que falei, e com que vocês estiveram brincando, chama-se a Derivação própria das palavras, porque há também a Derivação imprópria.

— Já sei! — adivinhou Emília. — A tal Derivação imprópria é a que se faz sem Sufixo, nem Prefixo.

A boa velha assombrou-se.

— Como sabe, bonequinha?

— Esperteza — disse Emília, piscando um olho. — Eu muitas vezes arrisco opiniões que dão certo. Tia Nastácia diz que quem não arrisca não petisca...

# O SUSTO DA VELHA

Dona Etimologia ficou uns instantes a olhar para a boneca, balançando a cabeça. Depois continuou:

— Pois é isso. Substantivos, Adjetivos, Preposições, Conjunções e Interjeições podem ser formados sem a ajuda dos Sufixos, e sim com o emprego duma mesma palavra, mas dando a ela um sentido diferente. O Substantivo Narizinho, por exemplo, que é um simples Diminutivo, pode tornar-se Nome Próprio, como aconteceu aqui com esta menina. Chama-se Narizinho e, portanto, quem diz este nome está dizendo um Nome Próprio. Na frase: O narizinho de Narizinho é arrebatado, o primeiro narizinho é Substantivo Comum, e o segundo é Nome Próprio. O mesmo se dá com a avó dela, Dona Benta de Oliveira. Oliveira era uma árvore que dava azeitonas; com o tempo o uso mudou esse Substantivo Comum em Nome Próprio, muito empregado para Sobrenomes — e ficaram no mundo duas espécies de Oliveiras — a que dá azeitonas e a que dá Sobrenomes a muita gente.

— É mesmo! — gritou o menino. — Agora estou vendo que a maior parte dos Nomes Próprios que conheço são Nomes Comuns "apropriados", que, em vez de designarem coisas, passaram a designar pessoas, como Leitão, Inocente, Rosa, Margarida, Esperança, Monteiro, Lobato, Quindim...

— Do mesmo modo, muitos Adjetivos viram Substantivos sem nenhuma mudança de forma — continuou a velha. — Brilhante, por exemplo, é um Adjetivo Qualificativo da coisa que brilha, mas se se refere ao diamante lapidado, vira Substantivo. O mesmo se dá com certos Pronomes, como o Pronome Tudo, que vira Substantivo na frase: O tudo é vencer. Também há pessoas de Verbo que viram Substantivos. Venda, que é a primeira e a terceira Pessoa do Presente do Modo Subjuntivo do Verbo Vender, vira o Substantivo Venda, com significação de ato de vender ou casa onde se vendem coisas.

— Na venda do João Nagibe, lá perto do sítio, quase que só há pinga, fósforo, bacalhau e sal... Que venda à-toa! — recordou Emília. — Nem bala de apito tem. Dona Benta não gosta que os meninos passem por lá.

— Pare com isso, Emília, que você até envergonha a espécie — advertiu Narizinho. — Continue, Dona Etimologia, faça o favor.

E a velha continuou:

— E também Advérbios e outras Palavras Inflexivas viram Substantivos. Quando uma pessoa diz: A metade do queijo, o Advérbio Metade está virando em Substantivo. E também Substantivos viram Adjetivos, como nesta frase: Nova Iorque é uma cidade monstro. O Substantivo Monstro está nesta frase fazendo o papel de Adjetivo para indicar enormidade. E também Substantivos viram Interjeições, como nesta frase... Socorro! Uma fera africana acaba de invadir minha casa!...

— Que cara feia ela está fazendo! — murmurou Narizinho, que não havia notado o súbito aparecimento do rinoceronte no fundo da sala.

— Socorro! — continuou a velha a berrar, no maior pavor da sua vida. — Acudam-me!...

Só então os meninos perceberam que ela não estava dando nenhum exemplo, e sim urrando de pavor. Puseram-se a rir — e isso ainda mais aumentou o pânico da velha, que supôs ser riso nervoso, desses que atacam certas pessoas quando o perigo é do tamanho duma torre.

— Não se assuste, Dona Eulália! — gritou Emília. — Este paquiderme é mansíssimo, e até se chama Quindim, nome de um doce muito delicado. Medo de Quindim? Que bobagem! É a melhor criatura do mundo. Uma perfeita moça. Quer ver?

— E Emília correu para o rinoceronte, sobre o qual trepou pela escadinha de corda que ele trazia pendente no costado — invenção de Pedrinho para facilitar a "montagem" do paquiderme, como ele dizia. A boneca deu jeito e logo se plantou, muito a cômodo, sobre o terrível chifre de Quindim.

— Está vendo, Dona Brites? Poderá haver monstro mais carneiro? Venha também. Não se vexe. Lá no sítio, Dona Benta e Tia Nastácia, quando não há gente grande perto para espiar, não saem do lombo de Quindim. Venha. Deixe-se de fedorências...

Mas não houve meio. Dona Etimologia era a maior das medrosas, e para acalmá-la foi preciso que o Visconde afastasse dali o excelente paquiderme.

A pobre velha queixou-se de sufocação no peito e teve de tomar um bule inteiro de chá calmante.

— Ufa! Que susto! Enfim... Mas como ia dizendo... Que é que eu ia dizendo?... Sim, que as palavras derivam umas das outras de dois modos. Mas ele não chifra ninguém lá no tal sítio?

— Nem mosquito — respondeu Emília. — Juro pela alma do Visconde.

A velha assoprou três vezes.

— Mas como ia dizendo, a Derivação das palavras faz-se por meio de Sufixos e Prefixos. Já falei nos Prefixos?

— Um pouquinho só — disse Pedrinho.

— Pois os tais Prefixos são palavrinhas da mesma família que os Sufixos, mas que se colocam na frente. Isso de servir de cauda é especialidade dos Sufixos. Existem numerosos Prefixos, mas como estou muito nervosa, vou citar apenas alguns, como Sub, Intro, Ver, Sus, Com, os quais servem para formar palavras como Subdividir, Intrometer, Percorrer, Sustento, Compadre, etc. Uf! Que bicho horrendo! Aquele chifre pontudo no meio da testa...

— Continue, dona! — berrou Emília. — Esqueça duma vez o fanico. Já está enjoando.

A velha assoprou de novo, suspirou e disse:

— Há ainda a formação de palavras por JUSTAPOSIÇÃO, quando duas palavras se ligam para exprimir uma terceira coisa. Guarda e Chuva, por exemplo, têm o sentido que vocês sabem; mas quando se justapõem, dão a palavra Guarda-chuva, que é coisa diferente, Bem-te-vi, Beija-flor, Corrimão, Pica-pau, Girassol e tantas outras são formadas deste modo.

— Saca-rolhas, Aguardente e Lambe-pratos também — começou Emília, mas Narizinho impôs-lhe silêncio e a velha prosseguiu.

— Há ainda a formação de palavras por AGLUTINAÇÃO, na qual uma das palavras perde um pedacinho para melhor fundir-se com outras, como essa Aguardente que Emília acaba de citar. Se houvesse apenas Justaposição, ficaria Aguaardente; mas a Aglutinação faz que desapareça um dos AA.

E há, finalmente, a formação de palavras por HIBRIDISMO, em que entram vocábulos de línguas diferentes, como em Monóculo. Mono é palavra grega que quer dizer Um, ou Único; e Óculo é palavra latina.

— Lá no sítio de Dona Benta — lembrou Emília — Mono quer dizer macacão. O Tio Barnabé, que mora perto da ponte, Dona Benta diz que é um verdadeiro mono.

— Sei disso — declarou a velha, rindo-se —, mas em grego Mono significa único.

— Único macacão?

— Cale-se, Emília, por favor! — pediu a menina.

A velha continuou:

— Se vocês quiserem visitar as palavras gregas usadas para a formação de vocábulos novos, espiem aquele cercado de arame. Lá estão todas.

Os meninos correram ao ponto indicado, que era o curral onde a velha conservava as suas palavras gregas.

— Xi!... Quantas!... — exclamou Narizinho. — E todas com papeleta no pescoço, para mostrar o que querem dizer em português.

Estavam lá, entre muitas, as seguintes greguinhas: Geo (terra), que serve para formar Geografia, Geologia, Geometria, Geodésia, etc. E Micro (pequeno), que serve para formar Micróbio, Microscópio, etc. E Tri (três), que serve para formar Trigonometria, Trilogia, etc. E Zoo (animal), que serve para formar Zoologia, Zootecnia, etc. E Pan (tudo), que serve para formar Panteísmo, Panorama, etc. E Bio (vida), que serve para formar Biologia, Biografia, etc. E Rino (nariz), que serve para formar Rinoceronte.

— Ora vejam só! — berrou Emília. — Quindim chama-se rinoceronte por causa do nariz. Rino é nariz. E Ceronte? Que será Ceronte? Veja se acha essa palavra aí do seu lado, Narizinho.

Custou um pouco, mas acharam. Ceronte queria dizer chifre.

— Pronto! — gritou Emília, radiante. — Rinoceronte significa nariz no chifre.

— Ou chifre no nariz? — objetou Narizinho. — A tradução na ordem direta não dá certo, porque na realidade Quindim não tem nenhum nariz no chifre.

Emília mostrava-se cheiíssima de si com as muitas coisas novas que ia aprendendo, e passou por lá mais de uma hora decorando palavras gregas para com elas formar outras diferentes. Súbito, gritou:

— Já sei o seu nome em grego, Narizinho.

— Como é?

— Microrrino! Micro quer dizer pequeno, e Rino quer dizer nariz.

Nariz pequeno é narizinho...

— Mas por que chamam híbridas a estas palavras feitas só do grego? — indagou o menino. — Híbrido, que eu sei, é o burro e a mula, filhos de jumento e égua. Será que estas palavras são as mulas da língua? Vou perguntar à velha.

Perguntou, e Dona Etimologia explicou que Híbrido queria dizer Mestiço de duas raças diferentes.

— Então aquelas palavras do cercado não são Híbridas, e sim de puro sangue.

— Perfeitamente — concordou a velha. — Um verdadeiro vocábulo Híbrido é o Monóculo, que já citei; como também Centímetro e Mineralogia, porque nos três casos metade da palavra é grega e outra metade é latina. Estas, sim, são as verdadeiras mulas da língua.

Emília juntou uma porção de palavras gregas e latinas para fazer lá no sítio uma criação de palavras Híbridas. Entre elas levou Demo, que significa Povo; Odonto, que significa Dente; Tele, que significa Longe; Topo, que significa Lugar; Fono, que significa Voz — todas gregas.

— Levo estas só — disse ela. — Palavras latinas temos lá muitas, naquele dicionário grandão de Dona Benta. Com estas já podemos fazer uma criação de Híbridos de primeira ordem.

Pedrinho não quis ficar atrás e levou mais as seguintes, também gregas: Gastro, que significa Ventre; ídolo, que significa Imagem; Miso, que significa Ódio; Di, que significa Dois; Tetra, que significa Quatro — e mais umas quantas.

— Quero ver quem cria Híbridos mais bonitos, se você ou eu — disse ele.

# GENTE DE FORA

— Pois é isso, meninada! — disse logo depois a velha. — Vocês já sabem como se formam as palavras da língua. Grande número veio diretamente do latim. Foi o começo, a primeira plantação. Depois começaram a reproduzir-se lá entre elas, ou a derivar-se umas das outras. Depois houve muita entrada de palavras exóticas, isto é, procedentes de países estrangeiros. Depois houve invenção de neologismos — e desses vários modos a língua foi crescendo. Aqui na cidade nova as palavras vindas da cidade velha misturaram-se com inúmeras de origem local, ou palavras índias, que já existiam nas terras do Brasil quando os portugueses as descobriram. A maior parte dos nomes de cidades, rios e montanhas do Brasil é de origem índia, como Tremembé, Itu, Niterói, Itatiaia, Goiás, Piauí, Piramboia, etc. Ita é uma palavra da língua tupi que quer dizer Pedra, e tem servido de Prefixo para a formação de muitos Nomes. Temos em São Paulo a cidadezinha de Itápolis, formada de Ita, que é indígena, e Polis (cidade), que é grega. Pira (peixe) é outra palavra tupi muito usada. Piracicaba, Piraquara, Guapira.

— Eu gosto muito das palavras tupis e lamento que o Brasil não tenha um nome tirado dessa língua — disse Pedrinho.

— Em compensação muitos Estados do Brasil possuem nomes indígenas, como Pará (rio grande), Pernambuco (quebra-mar), Paraná (rio enorme), Paraíba (rio ruivo), Maranhão (mar grande) e outros. O tupi conseguiu encaixar na língua portuguesa grande número de palavras de uso diário, como Taba, Moranga, Jaguar, Araçá, Jabuticaba, Capim, Carioca, Marimbondo, Pipoca, Pereba, Cuia, Jararaca, Urutu, Tipiti, Embira etc.

— E também muitos Nomes Próprios — advertiu Narizinho. — Conheço meninas chamadas Araci, Iracema, Lindoia, Inaiá, Jandira...

— E eu conheço um menino chamado Ubirajara Guaporé de Itapuã Guaratinguaçu, filho dum turco que mora perto do sítio do Tio Barnabé — lembrou Pedrinho.

— Pois é isso — continuou a velha. — Todas as línguas vão dando palavras para a língua desta cidade. O grego deu muitas. O hebraico deu várias, como Messias, Rabino, Satanás, Maná, Aleluia. O árabe deu, entre outras, Alfândega, Alambique, Alface, Alfaiate, Alqueire, Álcool, Algarismo, Arroba, Armazém, Fatia, Macio, Matraca, Xarope, Cifra, Zero, Assassino. A língua francesa deu boa quantidade, como Paletó, Boné, Jornal, Bandido, Tambor, Vendaval, Comboio, Conhaque, Champanha. A língua espanhola deu menos do que devia dar. Citarei Fandango, Frente, Muchacho, Castanhola, Trecho, Savana. A língua italiana deu muito mais. Ágio, Bancarrota, Bússola, Gôndola, Cantata, Cascata, Charlatão, Macarrão, Tenor, Piano, Violino, Carnaval, Gazeta, Soneto, Ópera, Fiasco e Polenta são palavras italianas. O inglês está dando muitas agora. Das antigas posso citar: Cheque, Clube, Tilburi, Trole, Esporte, Rosbife, Sanduíche; e entre as modernas há várias trazidas pelo cinema e pelo futebol.

— Eu sei uma! — gritou Pedrinho levantando o dedo.

— Diga.

— Okey, que também se escreve com duas letras, OK. Quer dizer que está tudo muito bem.

— Eu sei outra! — disse a menina. — Conheço a palavra It, que quer dizer um "quezinho" especial.

— Isso mesmo — confirmou a velha. — Esse novo sentido do velho pronome inglês It foi inventado por uma escritora que o botou como título dum seu romance. Pessoa que tem It significa pessoa que exerce atração sobre as outras. Emília, por exemplo, é um pocinho de It...

A boneca fungou de gosto e Dona Etimologia prosseguiu:

— Também vieram muitas palavras da África, trazidas pelos negros escravizados, como Banzé, Cacimba, Canjica, Inhame, Macaco, Mandinga, Moleque, Papagaio, Tanga, Zebra, Vatapá, Batuque, Mocotó, Gambá. Da Rússia vieram Caleça, Cossaco, Soviete, Bolchevismo etc. Da Hungria vieram Coche, Cocheiro, Sutache, Hussardo. Da China vieram Chá, Chávena, Mandarim, Leque. Da Pérsia vieram Bazar, Caravana, Balcão, Diva, Turbante, Tabuleiro, Tafetá. Da Turquia vieram Tulipa, Odalisca, Paxá, Bergamota, Quiosque.

A velha parou na Turquia, para tomar mais um gole de chá.

E assim se foi formando, e se vai formando, a língua. Uma língua não para nunca. Evolui sempre, isto é, muda sempre. Há certos gramáticos que querem fazer a língua parar num certo ponto, e acham que é erro dizermos de modo diferente do que diziam os clássicos.

— Que vem a ser clássicos? — perguntou a menina.

— Os entendidos chamaram clássicos aos escritores antigos, como o Padre Antônio Vieira, Frei Luís de Sousa, o Padre Manuel Bernardes e outros. Para os Carranças, quem não escreve como eles está errado. Mas isso é curteza de vistas. Esses homens foram bons escritores no seu tempo. Se aparecessem agora seriam os primeiros a mudar ou a adotar a língua de hoje, para serem entendidos. A língua variou muito e sobretudo aqui na cidade nova. Inúmeras palavras que na cidade velha querem dizer uma coisa aqui dizem outra. Borracho, por exemplo, quer dizer bêbado; lá quer dizer filhote de pombo — vejam que diferença! Arrear, aqui é selar um animal; lá, é enfeitar, adornar.

— Então lá há moças bem arreadas? — perguntou Emília.

— Sim — respondeu a velha. — Uma dama bem arreada não espanta a ninguém lá do outro lado. Aqui, Moço significa jovem; lá, significa serviçal, criado. Também no modo de pronunciar as palavras existem muitas variações. Aqui, todos dizem Peito; lá, todos dizem Paito, embora escrevam a palavra da mesma maneira. Aqui se diz Tenho e lá se diz Tanho. Aqui se diz Verão; lá se diz V'rao.

— Também eles dizem por lá Vatata, Vacalhau, Baca, Vesouro — lembrou Pedrinho.

— Sim, o povo de lá troca muito o V pelo B e vice-versa.

— Nesse caso, aqui nesta cidade se fala mais direito do que na cidade velha — concluiu Narizinho.

— Por quê? Ambas têm o direito de falar como quiserem, e portanto ambas estão certas. O que sucede é que uma língua, sempre que muda de terra, começa a variar muito mais depressa do que se não tivesse mudado. Os costumes são outros, a natureza é outra — as necessidades de expressão tornam-se outras. Tudo junto força a língua que emigra a adaptar-se à sua nova pátria. A língua desta cidade está ficando um dialeto da língua velha. Com o correr dos séculos é bem capaz de ficar tão diferente da língua velha como esta ficou diferente do latim. Vocês vão ver.

— Nós vamos ver? — exclamou Narizinho, dando uma risada. — Então pensa que somos como a senhora, que vive toda a vida e mais séculos e séculos?

— Vocês também viverão séculos e séculos por meio de seus futuros filhinhos e netos e bisnetos — replicou a velha.

— Menos eu! — gritou Emília. — Já me casei e me arrependi bastante. Felizmente, não tive filhos — e como não pretendo casar-me de novo, não deixarei "descendência" neste mundo...

— E se aparecer um grande pirata, como aquele Capitão Gancho da história de Peter Pan? — cochichou Narizinho no ouvido dela.

— Isso é outro caso... — respondeu Emília, cujo sonho sempre fora ser esposa dum grande pirata — para "mandar num navio"...

— Por falar em pirata... Onde andará o Visconde? — indagou Pedrinho. — Depois que tirou Quindim da sala não o vi mais.

— O Visconde está armando alguma — disse a boneca, que andava desconfiada de qualquer coisa. — Vamos procurá-lo, já, já, antes que lhe aconteça alguma.

E como tinham de procurar o Visconde, despediram-se de Dona Etimologia, que prometeu aparecer no sítio de Dona Benta.

Logo que se viram na rua, Pedrinho perguntou à primeira palavra que ia passando se não vira um Visconde assim, assim.

— Um de palhinhas de milho no pescoço? Vi, pois não. Passou por aqui inda agora, com um Ditongo debaixo do capote. Ia esperneando, o coitadinho.

— Eu não disse? — berrou Emília. — Eu não disse que o Visconde andava tramando alguma? Mas que quererá ele com um Ditongo, Santo Deus?... Puseram-se em marcha, com o rinoceronte atrás. Logo adiante viram um ajuntamento na frente de certa casa.

— Será alto-falante com resultado de futebol? Não era isso. Era uma curiosidade de museu que ali estava em exibição pública. Um grande letreiro dizia: A palavra mais comprida da língua. Entrada franca.

Os meninos precipitaram-se para ver o fenômeno e de fato viram, num cercado de arame, espichada no chão que nem jiboia, a palavra Anticonstitucionalissimamente[18].

---

18  A maior palavra da língua portuguesa registrada em dicionário atualmente é pneumoultramicroscopicossilicovulcanoconiótico, com 46 letras.

— Irra! — berrou a boneca. — Uma, duas, três, quatro... Vinte e nove letras tem este formidável Advérbio!...

— Treze sílabas! Cáspite!... — acrescentou Pedrinho.

Um guarda ali presente deu informações a respeito daquela sucuri verbal. Era uma pobre palavra que não tinha outra ocupação na língua senão exibir-se como curiosidade. Vivia do seu tamanho, como certos gigantes de circo. Uma coitada que nem andar podia, de tanta letra a pesar-lhe nas costas. Mais que o alfabeto inteiro...

— Inda agora esteve aqui conversando com ela um grande fidalgo de fora, que a escreveu direitinho no seu caderno de notas.

— Como era esse fidalgo? Não reparou se usava umas palhinhas no pescoço?

— Isso mesmo.

— Sem cartolinha na cabeça?

— Sem nada na cabeça.

— Um ar de... de sabugo de milho?

— Isso mesmo.

— Um tanto embolorado?

— Isso mesmo. Verdinho de bolor.

— Pois é o grande Visconde de Sabugosa, que andamos catando como se cata agulha em palheiro. E para onde se dirigiu ele?

— Depois que acabou de tomar as suas notas, disse-me: "Passe bem!" e sumiu-se. Percebi que levava um Ditongo debaixo do capote. Ia esperneando, o pobrezinho...

Emília ficou seriamente apreensiva com a história daquele Ditongo esperneante.

# NOS DOMÍNIOS DA SINTAXE

O tráfego naquela cidade não era bem regulado. Nada de flechas indicativas das direções, nem "grilos" poliglotas que guiassem os viajantes. De modo que os meninos, em vez de darem no bairro das Sílabas, para onde pretendiam ir a fim de saber que história era aquela do Ditongo, foram parar num bairro desconhecido.

— Onde estamos? — quis saber Pedrinho.

— No bairro da SINTAXE — respondeu Quindim. — Esta cidade divide-se em duas zonas. A primeira é a zona da LEXIOLOGIA, onde todas as palavras vivem soltas, como vocês já viram. A segunda (esta aqui) é a zona da Sintaxe, onde as palavras só saem em família, casadinhas, com filhos e parentalha. Uma família de palavras chama-se uma ORAÇÃO. Os meninos viram que realmente não passeavam por ali palavras soltas. Apareciam sempre aos magotes, formando frases completas.

Passou um grupo que formava esta frase: O Visconde raptou um ditonguinho. Quindim explicou:

— Esta frase é uma Oração que leva na frente o chefe da família, ou o SUJEITO; depois dele vem o Verbo com um ATRIBUTO[19] escondido dentro dele, e depois vem um Complemento, que é assim como um criado.

— Quer dizer — indagou Narizinho — que em cada Oração há sempre um chefe, que é o tal Sujeito?

— Sim. Sem a presença do Sujeito é impossível formar-se a ORAÇÃO. O sujeito dirige tudo, faz e desfaz, manda e desmanda. Quando você diz: Tia Nastácia faz bolinhos muito gostosos, o Sujeito é Tia Nastácia — e está claro que sem esse Sujeito, adeus bolinhos! O Sujeito é sempre um Substantivo, ou frase que corresponda a um Substantivo.

— Alto lá! — exclamou Emília. — Se eu digo: Tu és um paquiderme gramatical, o Sujeito é Tu — e Tu não passa de muito bom Pronome.

— Sim, Tu é Pronome, mas está na frase representando a mim, rinoceronte, que sou um Substantivo.

Emília viu que era assim mesmo e calou-se.

— Muito bem — continuou Quindim, satisfeito de haver pregado um quinau na boneca. — Sujeito é isso. Vamos ver agora quem sabe o que é Predicado.

Ninguém sabia.

— Predicado — explicou ele — é o que se diz do Sujeito.

— Mas o que se diz do Sujeito está no Verbo, lembrou o menino. Na frase: O gato comeu o rato, o que se diz do Sujeito Gato é que Comeu o rato.

— Pois é isso mesmo — confirmou Quindim. — O Predicado está dentro do Verbo. Depois aparecem os COMPLEMENTOS, que servem para completar a oração com o mais que há a dizer do Sujeito, ou a propósito

---

19  Hoje chamado de Predicado.

doque ele fez ou faz. E como há vários modos de completar, há também vários Complementos.

— Já ouvi falar num tal COMPLEMENTO OBJETIVO[20] — disse o menino.

— Sim, e é muito importante — confirmou Quindim. — O Complemento Objetivo é uma vítima do que o Sujeito faz ou do que acontece. Na oração O Gílson Matou O Tico-Tico, o Complemento Objetivo é Tico-Tico, a vítima do verbo matou.

— E quais são os outros?

— Há o Complemento TERMINATIVO[21], que é exigido pela palavra que ele complementa. Na oração O Visconde gosta de ditongos, este De ditongos complementa exigidamente o Gosta e é, portanto, um Complemento Terminativo. Quem diz Gosta tem de completar a ideia dizendo Do que o Sujeito gosta.

— E que outros há?

Há os Complementos CIRCUNSTANCIAIS[22], que não são exigidos de modo forçado pelas palavras que completam, mas que servem para esclarecer melhor o assunto. O pica-pau pica o pau está no terreiro — nesta oração, este No Terreiro é Complemento Circunstancial de LUGAR.

— Comprido ele é! — disse Emília. — Bem maior que o terreiro...

— Existem muitos Complementos deste tipo. Há Complementos Circunstanciais de Lugar, de Tempo, de Modo, de Fim, de Distância, de Preços, de Dúvida etc. Nesta oração: Emília está aprendendo gramática sem o perceber, este Sem o Perceber é um Complemento Circunstancial de Modo, pois que se refere ao modo, ou maneira de Emília aprender

---

20   Hoje o Complemento Objetivo é denominado Objeto Direto.
21   O Complemento Terminativo recebe hoje o nome de Objeto Indireto.
22   Conhecido hoje como Adjunto Adverbial.

gramática. Nesta outra oração: Comprei um queijo por seis cruzeiros, este Por Seis Cruzeiros é um Complemento Circunstancial de Preço.

— E fora esses Complementos compridos, que outros há?

— Há o COMPLEMENTO ATRIBUTIVO[23], que diz como é o Substantivo que ele complementa. É sempre formado por um Adjetivo. Na expressão: Narizinho arrebitado; este Adjetivo Arrebitado é o Complemento Atributivo do Sujeito Narizinho.

Estavam nesse ponto quando ouviram um rebuliço na praça. Era uma senhora de maneiras distintas, com lornhão de cabo de madrepérola, que vinha vindo, seguida de um cortejo de frases.

— Quem será aquela grande dama? — indagou Narizinho.

— Oh, é a Senhora Sintaxe, a dona de tudo isto por aqui. Quem governa e dirige a concordância das palavras nas frases é sempre ela. Uma senhora exigentíssima.

Os meninos foram ao encontro da grande dama, à qual Narizinho fez as necessárias apresentações. Ela gostou muito da carinha da Emília, mas achou que o chifre de Quindim podia ser menos pontudo. Depois de alguns instantes de prosa, disse Dona Sintaxe:

— Pois é isso, meus meninos. Sou eu quem faz estas palavrinhas comportarem-se como é preciso dentro das Orações. Obrigo-as a terem boas maneiras, a seguirem as regras do bom-tom. Forço o Verbo a concordar sempre com o Sujeito, e o Adjetivo a concordar com o Substantivo. Também não deixo que o Pronome discorde do Substantivo. Se não fossem as minhas exigências, as frases virariam verdadeiras bagunças. Passo a vida fiscalizando a concordância das Senhoras Palavras.

Nesse momento passou a certa distância, muito envergonhada de si

---

[23] O Complemento Atributivo tem hoje o nome de Adjunto Adnominal.

própria, uma frase que dizia assim: Os gatos comeu os ratos. Dona Sintaxe ficou vermelha de cólera e chamou-a com um gesto enérgico.

— Venha cá! Então não sabe que o Verbo tem de concordar sempre com o Sujeito? Lambona! Vivo dizendo isto...

— A culpa é do Verbo — fungou o Sujeito. — Eu bem que o avisei...

Dona Sintaxe tocou dali o Comeu e pôs no lugar um Comeram.

— Agora sim — disse ela sorrindo. — Agora a frase está certíssima. Os gatos comeram os ratos. Pode ir, e nunca mais me apareça de Verbo torto, ouviu?

Dona Sintaxe encontrou mais adiante outra aleijadinha — uma Oração que rezava assim: Nós vai brincar, e consertou-a, pondo o Verbo no plural — Vamos. Depois, voltando-se para Emília, que estava de mãozinhas na cintura gozando a cena, explicou:

— Minha vida aqui é o que se vê. Tenho de estar fiscalizando todas estas senhoritas para que a cidade não vire salada de batatas. As frases que andam com a concordância na regra tornam-se claras como água da fonte — e a clareza é a maior qualidade que existe. Tenho também de cuidar da COLOCAÇÃO ou da ordem das palavras na frase.

— Então elas não podem arrumar-se como querem? — perguntou Emília.

— Absolutamente não. Têm de seguir certas regras para que o pensamento fique bem claro e bem vestido. A minha preocupação é sempre a mesma — clareza. As frases formam-se para exprimir o pensamento dos homens, e a boa ordem das palavras na frase ajuda a expressão do pensamento.

— A senhora tem toda a razão — concordou a boneca.

— Lá no sítio de Dona Benta o Substantivo Nastácia também gosta de dar ordem a tudo, porque a ordem facilita a vida, diz ela.

— Eu uso aqui várias regras — continuou Dona Sintaxe — umas para a ORDEM DIRETA e outras para a ORDEM INVERSA. Na Ordem Direta ponho sempre os Sujeitos antes do Verbo; ponho os Complementos logo depois das palavras que eles complementam; ponho os Adjetivos logo depois dos Substantivos que eles modificam; e ponho as palavrinhas de ligação entre os termos que elas ligam. Fica tudo uma beleza, de tão claro e simples. Mas há também a Ordem Inversa, na qual estas regras não são seguidas.

— Nesse caso a clareza deve sofrer muito — observou a menina.

— Há limites. Se o sentido da frase fica bem claro, eu deixo que a frase se afaste da Ordem Direta; mas se o sentido fica obscuro ou duvidoso, ah, não admito! O que quero saber nesta cidade é de clareza e mais clareza, porque a clareza é o sol da língua.

— E quais as regras para a Ordem Indireta? — perguntou Pedrinho.

— Uma delas é que o Verbo deve vir antes do Sujeito, se a frase está na forma interrogativa. Eu não deixo dizer, por exemplo: Ele é quem? Obrigo a dizer: Quem é ele? Nas chamadas frases OPTATIVAS e IMPERATIVAS também mando pôr o Sujeito em seguida ao Verbo, como neste exemplo: Faze tu o que ordeno, que é frase Imperativa. Ou nesta: Seja você muito feliz, que é frase Optativa.

— E que mais?

— Os Adjetivos Determinativos eu os ponho antes dos Substantivos por eles determinados. Digo, pois: Aquele pica-pau, e não pica-pau aquele. Este rinoceronte, e não Rinoceronte este. Três meninos e não meninos três.

— E os Pronomes Oblíquos, que é que a senhora faz com eles?

— Esses eu mando colocar de três modos diferentes — antes do Verbo, no meio do Verbo e depois do Verbo.

— No meio do Verbo? — indagou Emília com cara de espanto. — Como?

Então a senhora corta o Verbo com uma faca para enfiar o Pronome dentro?

— Exatamente. Abro o Verbo e ponho o Pronome dentro. Nesta frase: O gato se fartará de ratos, eu posso fazer essa operação cirúrgica. Abro o Verbo Fartará e ponho o Pronome dentro, assim: Fartar-se-á. E a frase fica esta: O gato fartar-se-á de ratos — muito mais elegante que a outra.

— Tal qual Tia Nastácia costuma fazer com os pimentões. Abre os coitados pelo meio, tira as sementes e enfia dentro uma carne oblíqua.

Dona Sintaxe aprovou os pimentões de Tia Nastácia. Depois disse:

— Os gramáticos chamam PRONOME PROCLÍTICO ao que vem antes do Verbo, como em: O menino SE queimou. Chamam PRONOME ENCLÍTICO ao que vem depois do Verbo, como em: O menino queimou-SE. E chamam PRONOME MESOCLÍTICO ao que vem no meio do Verbo, como em: O menino queimar-SE-á.

— Quanta complicação para dar dor de cabeça nas crianças! — comentou Narizinho. — Eu, se apanhasse um gramático por aqui, atiçava Quindim em cima dele...

Nisto Emília deu uma vastíssima gargalhada.

— Que é isso, bonequinha? — perguntou a Sintaxe. — Viu o passarinho verde?

— Estou me lembrando dos pimentões mesoclíticos que Tia Nastácia faz sem saber... — respondeu a diabinha.

## AS FIGURAS DE SINTAXE

Durante todo o tempo da conversa sintática, Pedrinho e Narizinho estiveram a observar, disfarçadamente, várias personagens da comitiva da grande dama. Ela, afinal, percebeu o joguinho e contou serem as tais FIGURAS DE SINTAXE.

— Figuras de Sintaxe? — repetiu Narizinho sem compreender.

— Que espécie de figuras são essas?

A grande dama explicou:

— Eu tenho sempre comigo umas tantas Figuras que me auxiliam no trabalho de trazer bem arrumadinhas as Orações. Vou apresentá-las a vocês.

E dirigindo-se às Figuras:

— Senhoras Figuras de Sintaxe, permiti-me que vos apresente à grande Emília, Marquesa de Rabicó, à menina do Narizinho Arrebitado e ao Senhor Pedrinho. E ali — continuou, apontando para o rinoceronte — um grande filólogo da Uganda, que se acha de passeio pelas terras da Gramática.

As Figuras fizeram uma graciosa reverência. Em seguida a grande dama passou a explicar as funções de cada uma.

— Este aqui — disse, indicando um jeitoso figurão, é o Senhor PLEONASMO, cujo serviço consiste em reforçar o que a gente diz. Quando uma pessoa declara que viu com os seus próprios olhos, está usando um Pleonasmo, porque se dissesse apenas que viu já a ideia estaria completa. Está claro que ninguém pode ver senão com os seus próprios olhos; mas falando dessa maneira pleonástica fica mais forte a expressão. O Pleonasmo tem de ser discreto e exato; se repete, ou comete uma redundância sem que a força da expressão aumente, tornase defeito. Tudo quanto é inútil constitui defeito.

Pleonasmo ofereceu os seus préstimos aos meninos e retirou-se, depois duma elegante curvatura.

— Esta aqui — continuou Dona Sintaxe indicando outra — é a minha amiga ELIPSE, que suprime da frase tudo quanto pode ser facilmente subentendido. Nesta Oração: Gosto de uvas e você, de laranjas, a Senhora Elipse cortou duas palavras sem que o sentido perdesse alguma coisa. Sem esse corte a frase ficaria assim: (Eu) gosto de uvas e você (gosta) de laranjas, mais comprida e menos elegante. A Senhora Elipse deu um beijinho na boneca e retirou-se.

— E esta aqui — prosseguiu Dona Sintaxe — é a Senhora ANÁSTROFE, que inverte os termos da frase. Quando uma pessoa diz: Acabou-se a festa, em vez de dizer: A festa acabou-se, está se servindo do bom gosto da minha amiga Anástrofe.

A gentil Anástrofe quis também dar um beijo na boneca, mas Emília fugiu com o rosto, pensando lá na sua cabecinha: "Um beijo desta diaba é capaz de inverter os 'termos da minha cara', pondo a boca em cima do nariz, ou coisa parecida".

— Pois é assim, meus meninos — concluiu Dona Sintaxe depois que a última Figura se retirou. — Estas amigas valem por ajudantes preciosos. Graças ao seu concurso consigo dar muita graça e elegância às frases.

— A tal Senhora Anástrofe não será por acaso irmã duma tal Catástrofe? — perguntou Emília, de ruguinha na testa.

Dona Sintaxe riu-se da lembrança e não achou fora de propósito a pergunta.

— Perfeitamente — respondeu. — São duas palavras de formação grega bastante aparentadas. Anástrofe é formada de Ana (entre) e Strepho (eu viro). E Catástrofe é formada de Kata (debaixo) e o mesmo Strepho (eu viro)... São, pois, irmãs por parte do pai, que é o Verbo Strepho. Uma vira entre. Outra vira de pernas para o ar. Mas ambas viram...

A boa dama ainda conversou com os meninos por longo tempo, explicando os muitos trabalhos que tinha na língua para que as frases andassem corretamente vestidas.

— Quer dizer que a senhora é uma espécie de costureira — lembrou Narizinho.

Dona Sintaxe achou que não.

— Costureira propriamente não. Meu papel na língua é de arrumadeira.

— E quanto ganha por mês? — indagou Emília.

— Nada, bonequinha. Trabalho de graça — trabalho por amor à limpeza e ao bom arranjo deste meu povinho, que são as frases. Mas vamos agora ver outra coisa. Quero que vocês conheçam os Vícios de Linguagem, que eu conservo aqui por perto, presos em gaiolas.

# OS VÍCIOS DE LINGUAGEM

Logo depois Dona Sintaxe disse:

— Vou agora mostrar a vocês os VÍCIOS DE LINGUAGEM.

— Quê?! Andam soltos pela cidade, esses monstros? — indagou Narizinho.

— Não, menina. Os Vícios, eu os conservo em jaulas, como feras perigosas. Vamos vê-los.

A grande dama tomou a frente e os meninos a acompanharam até a uma cadeia com grades nas janelas e toda dividida em cubículos, também gradeados. Dentro desses cubículos estavam o Barbarismo, o Solecismo, a Anfibologia, a Obscuridade, o Cacófato, o Eco, o Hiato, a Colisão, o Arcaísmo, o Neologismo e o Provincianismo.

Pedrinho notou que havia ainda um cubículo sem nenhuma fera dentro.

— E o Vício aqui desta gaiola? — perguntou ele.

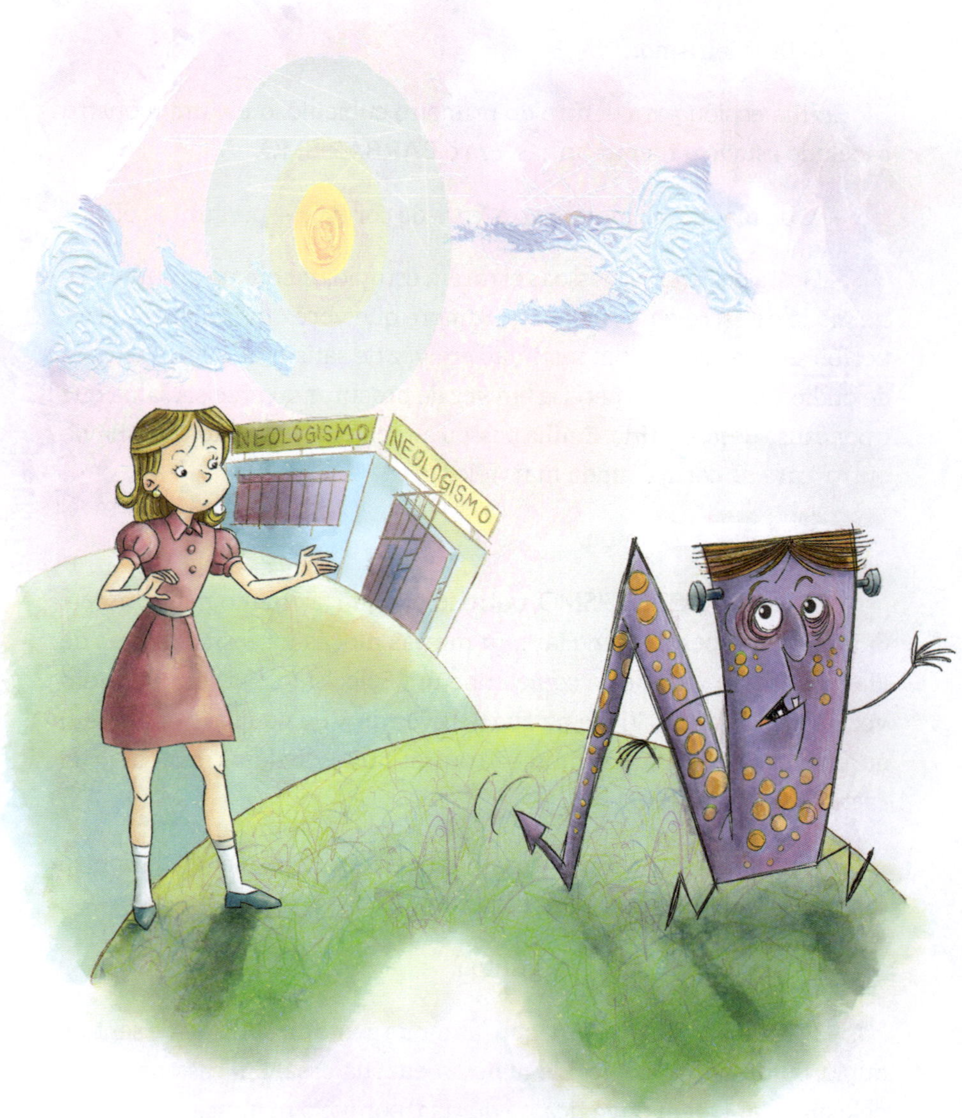
NEOLOGISMO
NEOLOGISMO

— Esse já se reabilitou e anda solto pela cidade nova. Só não tem licença de aparecer na cidade velha.

— Quem era ele?

— O Brasileirismo...

Emília espiou para dentro do primeiro cubículo, onde um monstro cabeludo estava a roer as unhas. Era o BARBARISMO.

— Que mal faz ao mundo este "cara de coruja"? — perguntou ela.

— Gosta de fazer as pessoas errarem estupidamente na pronúncia e no modo de escrever as palavras. Sempre que você ouvir alguém dizer poribir em vez de proibir, sastifeito em vez de satisfeito, púdico em vez de pudico, percurar ou percisa em vez de procurar ou precisa, saiba que é por causa deste cretino. Emília passou ao cubículo imediato, onde havia outro "cara de coruja" ainda mais feio.

— E este? — perguntou.

— Este é o tal SOLECISMO, outro idiota que faz muito mal à língua. Quando uma pessoa diz: Haviam muitas moças na festa, em vez de Havia muitas moças, está cometendo um Solecismo. Fui na cidade em vez de Fui à cidade, Vi ele na rua, em vez de Vi-o na rua, Não vá sem eu, em vez de Não vá sem mim, são outras tantas "belezas" que saem da cachola deste imbecil.

Emília botou-lhe a língua e passou ao terceiro cubículo. Viu lá dentro um vulto de mulher com duas caras.

— E esta "bicarada"? — perguntou.

— Esta é a ANFIBOLOGIA, que faz muita gente dizer frases de sentido duplo, ou duvidoso, como: Ele matou-a em sua casa. Em casa de quem, dele ou dela? Quem ouve fica na dúvida, porque a matança tanto pode ter sido na casa do matador como da matada.

Emília passou a espiar o quarto cubículo, onde estava presa uma negra muito feia, preta que nem carvão.

— E esta pretura? — perguntou.

— Esta é a OBSCURIDADE, que faz muita gente dizer frases sem nenhuma clareza, dessas que deixam quem as ouve na mesma.

Emília passou ao quinto cubículo, onde viu um sujeito sujo e de cara cínica.

— E este porcalhão?

— Este é o CACÓFATO, que faz muita gente ligar palavras de modo a formar outras de sentido feio, como aquele sujeito que ouviu no teatro uma grande cantora e foi dizer a um amigo: Ela trina que nem um sabiá...

Emília tapou o nariz e dirigiu-se ao sexto cubículo, onde estava um maluco muito barulhento.

— E este, com cara de cachorro? — indagou.

— Este é o ECO, que faz muita gente formar frases cheias de latidos, ou com desagradável repetição de sons. Quem diz: O pão de sabão caiu no chão late três vezes numa só frase, tudo por causa desta bisca.

Emília passou ao sétimo cubículo, onde havia um freguês com cara de gago.

— E este pandorga? — perguntou.

— Este é o HIATO, que faz muita gente formar frases com acentuação incômoda para os ouvidos. Quem diz: A aula é lá fora está sendo vítima deste Senhor Hiato.

Emília passou ao oitavo cubículo, onde estava presa uma mulher, toda requebrada.

— E esta ciciosa? — perguntou.

— Esta é a COLISÃO, que faz muita gente dizer frases cheias de consonâncias desagradáveis. Zumbindo as asas azuis é uma frase com o vício da Colisão.

Emília passou ao nono cubículo, onde estava um velho de cabelos brancos, todo coberto de teias de aranha.

— Este Matusalém?

— Este é o ARCAÍSMO, que faz muita gente pedante usar palavras que já morreram há muito tempo e que, portanto, ninguém mais entende.

— Já estive no bairro das palavras Arcaicas e travei conhecimento com algumas — observou Narizinho. — Mas por que está preso o pobre velho? Ele não tem culpa de haver palavras arcaicas.

— Mas tem culpa de botar essas velhas corocas nas frases modernas. Para que não faça isso é que está encarcerado.

Emília passou ao décimo cubículo, onde estava preso um moço muito pernóstico.

— E este aqui, tão chique? — perguntou.

— Este é o NEOLOGISMO. Sua mania é fazer as pessoas usarem expressões novas demais, e que pouca gente entende.

Emília, que era grande amiga de Neologismos, protestou.

— Está aí uma coisa com a qual não concordo. Se numa língua não houver Neologismos, essa língua não aumenta. Assim como há sempre crianças novas no mundo, para que a humanidade não se acabe, também é preciso que haja na língua uma contínua entrada de Neologismos. Se as palavras envelhecem e morrem, como já vimos, e se a senhora impede a entrada de palavras novas, a língua acaba acabando. Não! Isso não está direito e vou soltar este elegantíssimo Vício, já e já...

— Não mexa, Emília! — gritou Narizinho. — Não mexa na Língua, que vovó fica danada...

— Mexo e remexo! — replicou a boneca batendo o pezinho, e foi e abriu a porta e soltou o Neologismo, dizendo: — Vá passear entre os vivos e forme quantas palavras novas quiser. E se alguém tentar prendê-lo, grite por mim, que mandarei o meu rinoceronte em seu socorro. Quero ver quem pode com o Quindim...

Dona Sintaxe ficou um tanto passada com aquele rompante da Emília, mas nada disse. Quindim estava perto, de chifre pronto para entrar em cena ao menor sinal da boneca...

— Como está ficando despótica — murmurou a menina para Pedrinho. — Ainda acaba fazendo uma revolução e virando ditadora...

— É de tanta ganja que vocês lhe dão — observou o menino com uma ponta de inveja.

Emília encaminhou-se para o último cubículo, onde estava preso um pobre homem da roça, a fumar o seu pito.

— E este pai da vida que aqui está de cócoras? — perguntou ela.

— Este é o PROVINCIANISMO, que faz muita gente usar termos só conhecidos em certas partes do país, ou falar como só se fala em certos lugares. Quem diz naviu, menino, mecê, nhô, etc. está cometendo Provincianismos.

Emília não achou que fosse caso de conservar na cadeia o pobre matuto. Alegou que ele também estava trabalhando na evolução da língua e soltou-o.

— Vá passear, Seu Jeca. Muita coisa que hoje esta senhora condena vai ser lei um dia. Foi você quem inventou o Você em vez de Tu e só isso quanto não vale? Estamos livres da complicação antiga do Tuturututu. Mas não se meta a exagerar, senão volta para cá outra vez, está ouvindo?

O Provincianismo agarrou a trouxinha, o pito, o fumo e as palhas e, limpando o nariz com as costas da mão, lá se foi, fungando. Tão bobo, o coitado, que nem teve a ideia de agradecer à sua libertadora.

— Não há mais nenhum? — perguntou Emília logo que o Jeca se afastou.

— Felizmente, não — respondeu Dona Sintaxe. — Estes já bastam para me deixar tonta.

Terminada a visita aos Vícios de Linguagem, os meninos ficaram sem saber para onde ir.

— Esperem! Íamo-nos esquecendo do Visconde. Temos de continuar na "campeação" dele — disse Emília, mordendo o lábio e olhando firme para a Sintaxe, a ver que cara ela faria diante daquela "campeação".

— Isso depois — opinou Pedrinho. — Estou com vontade agora de ver como as Orações se formam.

— Pois vamos a isso — concordou Dona Sintaxe. — Há aqui perto um jardim muito frequentado pelas Senhoras Orações.

— Quem são essas damas?

— São frases que formam sentido, ou que dizem uma coisa que a gente entende.

— E a frase que não forma sentido? — perguntou Emília.

— Isso não é nada. É bobagem... — respondeu Dona Sintaxe, afastando-se dali.

# AS ORAÇÕES AO AR LIVRE

Foram todos para o jardim, onde numerosas Orações costumavam passear ao sol. Dona Sintaxe apontou para uma delas e disse:

— Vamos ver, Emilinha, se você sabe o que significa um grupo de palavras como aquele que ali está, junto ao canteiro de margaridas.

— Pois é uma Oração, está claro! Quem não sabe?

— Você não sabe, Emília. Aquilo é mais que uma Oração — é todo um PERÍODO GRAMATICAL, composto de várias Orações.

— Um Período é então um cacho de Orações — disse Emília. — Estou entendendo. A Oração é uma banana; o Período é uma penca de bananas.

O rinoceronte gostou do exemplo e lambeu os beiços, enquanto Dona Sintaxe explicava que os Períodos se dividem em três classes — PERÍODOS SIMPLES, PERÍODOS COMPOSTOS e PERÍODOS COMPLEXOS.

— O Período Simples é o que... — foi dizendo Emília, mas engasgou.

— É o que se compõe só de uma Oração — concluiu Dona Sintaxe.

— E o Período Composto é o que se compõe de duas! — gritou a boneca vitoriosamente.

— De duas ou mais — corrigiu Dona Sintaxe. — Aquele que ali vai passando é um Período Composto. O tal Período Composto dizia o seguinte: Emília soltou o preso, mas não ganhou nem um muito obrigado.

— Notem — observou Dona Sintaxe — que há duas Orações, governadas por dois Verbos — Soltou e Ganhou. Por isso o Período é Composto. A Conjunção Mas amarra a segunda Oração à primeira.

— Estou vendo — disse Emília. — E aquele outro, perto do canteiro de cravos?

— Aquele é um Período Simples, formado de uma só Oração: O Visconde está com medo. Repare que há um só Verbo.

— E aquele outro lá perto do canteiro das dálias? — indagou Pedrinho, mostrando um Período que dizia assim: O rinoceronte, que é um sabido, está calado.

— Aquele é um Período Complexo, porque traz uma Oração pendurada em outra. Note que uma Oração não está ligada à outra, mas sim pendurada no meio da outra. Se sair dali não estraga o resto.

— Pendurada com que gancho? — perguntou Emília.

— Com o gancho daquele pronominho Que. Notem que nesse Período Composto há duas Orações: (1) O rinoceronte está calado; (2) Que é um sabido. Mas esta última está apenas enganchada no meio da primeira, como numa rede, por meio do gancho do Pronome Que.

— Que tem mesmo jeito dum ganchinho! — observou Emília, e todos concordaram, para não haver briga.

— Vamos agora ver como estas Orações se classificam quanto ao papel que representam no Período — disse Dona Sintaxe. — Elas podem ser de três classes — INDEPENDENTES[24], PRINCIPAIS e SUBORDINADAS. A Oração Independente é a que por si só forma sentido completo.

E, para exemplificar, gritou na direção dum grupo de Períodos que estavam parados diante dum repuxo:

— Aproxime-se um Período Composto que queira servir de exemplo! Depressa!

Todo saltitante, destacou-se do grupo este Período: O pica-pau picou o pau e fugiu quando viu Quindim.

— Reparem — disse Dona Sintaxe — que temos três Orações neste Período. Uma que vive sem precisar de nenhuma outra, ou Independente: O pica-pau picou o pau. E temos a segunda oração, que é a Principal: E fugiu; e temos a terceira: que é a Subordinada, ou escrava da Principal: Quando viu Quindim. Sem estar ligada à Oração Principal, esta terceira fica sem sentido, ninguém a entende. Mas, ligada, torna-se clarinha como água de pote; quem lê compreende logo que o pica-pau fugiu quando viu Quindim.

— Oração Principal? — estranhou a menina.

— Oração Principal é a que pensa que é independente mas não é, porque depende das outras para completar o que ela quer dizer. Aquela ali, por exemplo. Venha cá, Senhor Período!

Aproximou-se um Período Composto que se lia assim: Quindim está com fome porque não encontrou capim por aqui.

— Reparem. A Oração Quindim está com fome é a Principal, mas não fica bem, bem, bem, bem completa sem a outra: Porque não encontrou capim por aqui. Esta outra ajuda a completar a Principal. As Senhoras Orações Principais trazem sempre o Verbo no Modo Indicativo, no Modo Condicional ou no Modo Imperativo, não se esqueçam.

---

24  As Orações Independentes hoje são chamadas de Orações Coordenadas.

Dona Sintaxe despediu aquele Período e chamou outro.

— Aproxime-se uma Oração na voz ATIVA! Depressa!... Muito lampeira, destacou-se do grupo uma Oração que dizia assim: O gato comeu o pica-pau.

— Que história de Voz Ativa é essa? — indagou Emília.

— Já irá saber — respondeu a Senhora Sintaxe, e voltando-se para a nova oraçãozinha: — Você está na Voz Ativa, não é assim? Pois então passe parada voz PASSIVA para esta boneca ver.

Incontinenti, a oraçãozinha desmanchou-se toda para formar outra da seguinte maneira: O pica-pau foi comido pelo gato.

— Muito bem! — aprovou Dona Sintaxe.

E para os meninos:

— Notem que Pica-Pau, que é o Objeto Direto da primeira Oração, passou a ser Sujeito desta última, e reparem que o Sujeito da primeira (Gato) passou a ser Complemento.

— Que Objeto Direto é esse, que apareceu aí sem mais nem menos? — berrou Emília.

— OBJETO DIRETO é aquilo que completa o sentido do Verbo diretamente. A gente pergunta ao Verbo: o quê? E a resposta é o tal Objeto Direto. O gato comeu o quê? O pica-pau. Logo, pica-pau é o Objeto Direto.

— Que peste é a tal Gramática! — disse Emília. — Tem coisas que não acabam mais. Só sinto que, em vez de ter comido o pobre picapau, o gato não tivesse comido a Senhora Gramática, com todas estas damas que andam por aqui...

Dona Sintaxe não ouviu e continuou:

— Por meio destas passagens de Sujeitos para Complementos e de

Complementos para Sujeitos é que as Orações passam da Voz Ativa para a Voz Passiva. Entenderam?

Os meninos fizeram com a cabeça que sim.

Durante toda a conversa Quindim manteve-se de parte, ouvindo com muita atenção as palavras da grande dama e aprovando-as com movimentos de chifre. Emília, que gostava de tirar a prova de tudo, foi ter com ele para lhe perguntar num cochicho:

— Que acha desta senhora, Quindim? Sabe mesmo Gramática ou está nos tapeando?

O rinoceronte riu-se filosoficamente.

— Como não há de saber, Emília, se ela é a Sintaxe, ou uma das partes da própria Gramática? A Sintaxe dum lado e a Lexiologia de outro formam a Gramática inteira. Nunca duvide do que a Senhora Sintaxe disser...

# EXAME E PONTUAÇÃO

Depois de brincarem por algum tempo naquele jardim de Períodos, e de discutirem novamente a campeação do Visconde, os meninos resolveram ir ao bairro das Sílabas sherlockar o rapto do Ditongo — como dizia a Emília.

— Não ainda — propôs Dona Sintaxe. — Quero correr um exame nos meus alunos. Venham todos cá — e o senhor também, Seu Rinoceronte.

Os meninos e o paquiderme perfilaram-se diante da grande dama.

— Muito bem — disse ela. — Vou agora ver se essas cabecinhas guardaram o que ensinei, e para isso temos que analisar uma frase.

E voltando-se para um grupo de frases passeadeiras:

— Aproxime-se um Período para ser analisado! Depressa!...

Apresentou-se incontinenti aquele assanhadíssimo Período que dizia assim: Tia Nastácia faz bolinhos que todos acham muito gostosos.

— Vamos ver, Emília, quantas Orações há neste Período?

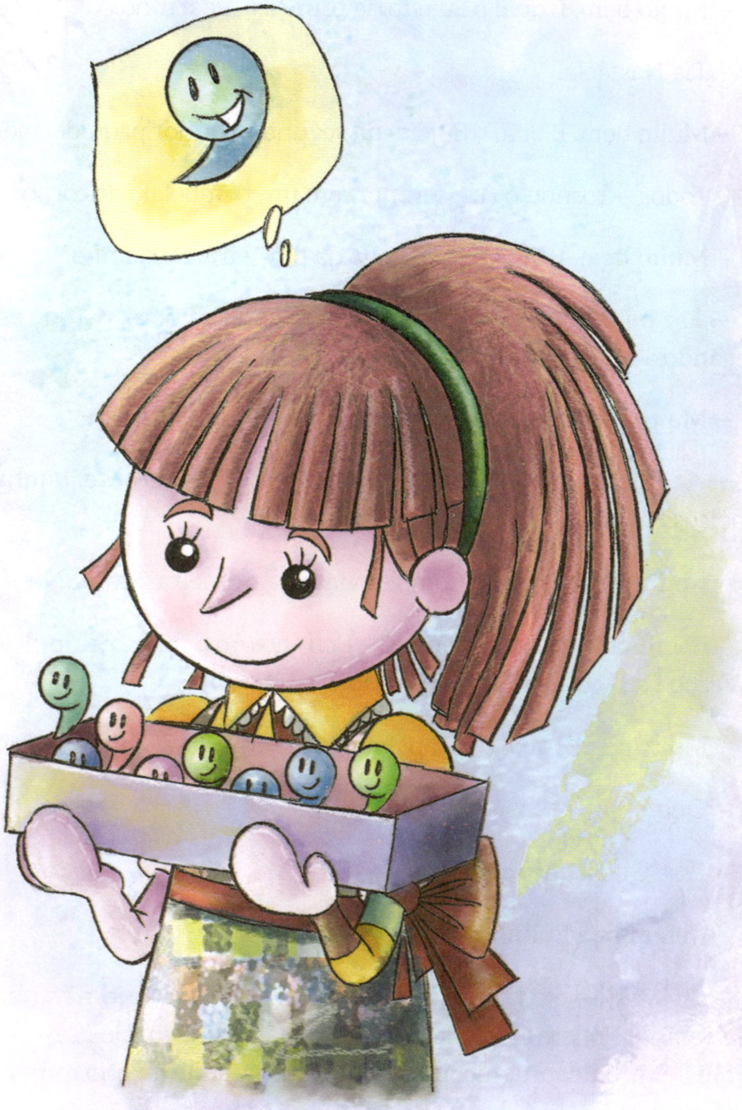

— Duas! — respondeu imediatamente a boneca. — A primeira é a Principal e a segunda é a Subordinada.

— Muito bem. E qual o Sujeito da primeira, Pedrinho?

— Tia Nastácia.

— Muito bem. E qual o Sujeito da segunda, senhor paquiderme?

— Todos — rosnou o rinoceronte com um bamboleio de corpo.

— Muito bem. E qual o Predicado da primeira, Narizinho?

— Faz bolinhos — disse a menina com água na boca, porque estava chegando a hora do jantar.

— Muito bem. E qual o Predicado da segunda, Quindim?

— Acham muito gostosos — respondeu o rinoceronte, lambendo os beiços.

— Muito bem. E qual o Complemento da primeira, Emília?

— Bolinhos! — berrou a boneca. — Bolinhos é o Complemento Objetivo do Verbo Faz — quem não sabe disso?

— Muito bem. E qual o Complemento Objetivo da segunda, Pedrinho?

— Que.

— Esse Que a que se refere?

— Refere-se a Bolinhos.

— Bravos! — exclamou Dona Sintaxe. — Vejo que não perdi o meu tempo. Podem ir brincar. Foi uma gritaria, e todos saíram aos pinotes. Emília espreguiçou-se e Quindim deu uma chifrada no ar, de brincadeira.

— E agora? — disse Narizinho. — Ela nos mandou brincar, mas brincar de quê, nesta cidade de palavras? Uma ideia!... Vamos ver a Pontuação! Onde fica a Pontuação, Quindim?

— Aqui perto, num bazar. Eu sei o caminho — respondeu o paquiderme.

No tal bazar encontraram os SINAIS DE PONTUAÇÃO, arrumados em caixinhas de madeira, com rótulos na tampa. Emília abriu uma e viu só VÍRGULAS dentro.

— Olhem que galanteza! — exclamou. — Vírgulas, Vírgulas e mais Vírgulas! Parecem bacilos do cólera-morbo, que Dona Benta diz serem virgulazinhas vivas. Emília despejou um monte de Vírgulas na palma da mão e mostrou-as ao rinoceronte.

— Essas Vírgulas servem para separar as Orações Independentes das Subordinadas — explicou ele. — e para mais uma porção de coisas. Servem sempre para indicar uma pausa na frase. A função delas é separar de leve.

Emília soprou o punhadinho de Vírgulas nas ventas de Quindim e abriu a outra caixa. Era a do PONTO E VÍRGULA.

— E estes, Quindim, estes casaizinhos de Vírgula e Ponto?

— Esses também servem para separar. Mas separar com um pouco mais de energia do que a Vírgula sozinha.

Emília despejou no bolso de Pedrinho todo o conteúdo da caixa.

— E estes aqui? — perguntou em seguida, abrindo a caixinha dos DOIS PONTOS.

— Esses também servem para separar, porém com maior energia do que o Ponto e Vírgula.

Metade daqueles Dois Pontos foi para o bolso do menino.

Emília abriu uma nova caixa.

— Oh, estes eu sei para que servem! — exclamou ela, vendo que eram PONTOS FINAIS. — Estes separam duma vez — cortam. Assim que aparece um deles na frase, a gente já sabe que a frase acabou. Finou-se...

Em seguida abriu a caixa dos PONTOS DE INTERROGAÇÃO.

— Ganchinhos! — exclamou. — Conheço-os muito bem. Servem para fazer perguntas. São mexeriqueiros e curiosíssimos. Querem saber tudo quanto há. Vou levá-los de presente para Tia Nastácia.

Depois chegou a vez dos PONTOS DE EXCLAMAÇÃO.

— Viva! — gritou Emília. — Estão cá os companheiros das Senhoras Interjeições. Vivem de olho arregalado, a espantar-se e a espantar os outros. Oh!!! Ah!!! Ih!!! A caixinha imediata era a das RETICÊNCIAS.

— Servem para indicar que a frase foi interrompida em certo ponto — explicou Quindim.

— Não gosto de Reticências — declarou Emília. — Não gosto de interrupções. Quero todas as coisas inteirinhas — pão, pão, queijo, queijo — ali na batata! E, despejando no assoalho todas aquelas Reticências, sapateou em cima. Depois abriu outra caixa e exclamou com cara alegre:

— Oh, estes são engraçadinhos! Parecem meias-luas... Quindim explicou que se tratava dos PARÊNTESES, que servem para encaixar numa frase alguma palavra, ou mesmo outra frase explicativa, que a gente lê variando o tom da voz.

— E aqui, estes pauzinhos? — perguntou Emília, abrindo a última caixa.

— São os TRAVESSÕES, que servem no começo das frases de diálogo para mostrar que é uma pessoa que vai falar. Também servem dentro duma frase para pôr em maior destaque uma Palavra ou uma Oração.

— Que graça! — exclamou Emília. — Chamarem Travessão a umas

travessinhas de mosquito deste tamanhinho! Os gramáticos não possuem o "senso da medida".

Quindim olhou-a com o rabo dos olhos. Estava ficando sabida demais...

# E O VISCONDE?

Tornava-se preciso descobrir o Visconde. A sua misteriosa "sumição", como dizia a boneca, vinha preocupando a todos seriamente. As informações obtidas eram poucas e vagas.

O vigia da Senhora Anticonstitucionalissimamente contara que o tinha visto por lá com um Ditongo debaixo do capote, a espernear.

Uma das Frases que tomavam sol no Jardim das Orações também dissera que ele havia raptado um Ditongo.

E foi só. Nada mais conseguiram colher.

— Um Ditongo! — murmurava Emília com ruguinhas na testa. — Raptou um Ditongo!... Mas para quê, Santo Deus? Com que fim? Há em tudo isto um grande mistério...

— Com certeza trata-se dalgum Ditongo arcaico, que ele furtou levado pela sua mania de antiguidades — sugeriu Pedrinho.

— Não há Ditongos Arcaicos — disse Quindim.

O remédio era um só — irem ao bairro das Sílabas, que é onde moram os Ditongos.

— Pois vamos — decidiu Narizinho.

Foram — e montados em Quindim por ser meio longinho. Ao alcançar o bairro o rinoceronte parou a fim de orientar-se.

— É aqui mesmo — disse ele, vendo as ruas cheias de Sílabas, num ir e vir constante. — Mas onde será a Rua dos Ditongos?

— Melhor indagar — lembrou a menina, e, chamando uma silabazinha muito curica que ia passando, disse: — A senhorita poderá informar-nos onde fica a Rua dos Ditongos?

— Com todo gosto — respondeu a lambetinha na sua voz de formiga. — Fica nesta direção, três quadras à esquerda.

Quindim trotou para lá.

— É aqui — disse ele, ao penetrar numa rua onde só existiam Sílabas formadas de duas Vogais. — Os Ditongos são estes.

— Quê! — exclamou Narizinho, surpresa. — Ditongo, uma palavra tão gorda, quer dizer só isso — sílaba de duas vogais? Pensei que fosse coisa mais importante...

— Pois, menina, os gramáticos não tiveram dó de gastar um quilo de grego para classificar estas minúsculas silabazinhas. Eles dividem-nas em DITONGOS, SEMIDITONGOS[25], TRITONGOS e MONOTONGOS.

Todos se riram daquele grande luxo "nomenclástico", como talvez dissesse a boneca, se não continuasse absorta em profundas cogitações.

— Emília está "deduzindo!" — murmurou a menina ao ouvido de Quindim. — Quando lhe dá o sherlockismo, ninguém conte com ela.

— Havia por ali duas espécies de Ditongos — os ORAIS, que só se pronunciam com a boca, e os NASAIS, em que o som sai também pelo

---

25   As denominações Semiditongo e Monotongos caíram em desuso.

nariz, AI, AU, EI, EU, IU, OU, OI, UE e ui eram os Orais, ÃE, AM, EM, ÕE eram os Nasais. Mas Quindim, que conhecia todos os Ditongos de cor e salteado, estranhou não ver entre eles o mais importante de todos — o Ão.

"Querem ver que o Visconde raptou o Ão?" — refletiu, lá consigo, o paquiderme.

Os meninos notaram uma certa agitação entre os Ditongos.

Evidentemente havia sucedido qualquer coisa grave. Andavam de cá para lá, escabichando os cantinhos e informando-se uns com os outros, na atitude clássica de quem procura objeto perdido.

Emília entrou em cena. Agarrou um dos Ditongos Nasais pelo til e pousou-o na palminha da mão. Era o Ditongo ÕE.

— Diga-me, ditonguinho, que foi que houve por aqui? Noto uma certa agitação entre vocês, como em formigueiro de saúva em dia que sai içá.

— De fato, estamos agitados — respondeu o ditonguinho. — Um dos meus manos, o Ão, que era justamente o mais importante da família, desapareceu misteriosamente. Temo-lo procurado por toda parte, mas sem resultado. Sumiu...

— Quem sabe se alguém o raptou? — sugeriu a boneca.

— Impossível! Que alguém haverá no mundo que queira um Ditongo Nasal? Nós só servimos para formar palavras; não temos outra função na vida, e nenhuma casa de ferro-velho daria um vintém por todos nós juntos.

— Espere — disse Emília, refletindo. — Diga-me uma coisa: não andou por aqui um filósofo de fora, sem cartolinha na cabeça e com umas palhas de milho ao pescoço?

— Andou, sim. Um sábio um tanto embolorado, não é?

— Isso mesmo! Bolor verde...

— Esteve cá, sim. Esteve de prosa conosco e depois desapareceu. Foi logo em seguida que demos pela falta do Ão. A senhora acha que...

— Mais que acho! Sei que foi ele quem raptou o Ditongo. O que não consigo achar é a explicação de semelhante coisa. Esse sábio é o grande Visconde de Sabugosa, que mora no sítio de Dona Benta. O guarda da Senhora Anticonstitucionalissimamente me disse que o viu com um Ditongo debaixo do capote; e mais tarde uma Frase, lá no Jardim das Orações, também nos declarou positivamente que o Visconde havia raptado um Ditongo.

— Ora veja!... — exclamou o ditonguinho arregalando os olhos. — Mas para quê? Para que um tão ilustre sábio quererá um Ditongo?...

É o que me preocupa — disse Emília, recaindo em cismas.

O mistério do sumiço do Visconde continuava a embaraçar os meninos.

Teria sido preso como gatuno? Teria sido assassinado? Teria voltado para o sítio com o Ditongo no bolso? Mistério...

— Se houvesse por aqui um jornal, poderíamos pôr um anúncio: "Perdeu-se um Visconde assim, assim; dá-se boa gratificação a quem o achar".

— Mas não existe jornal, e é tolice ficarmos toda a vida a campeá-lo. Vamos esquecer o Visconde. Olhem que ainda temos de visitar a Senhora Ortografia.

Foi resolvido esquecerem o Visconde e visitarem a Senhora Ortografia. Montaram de novo em Quindim e partiram.

A meio caminho Emília bateu na testa.

— Heureca! Achei! Achei!... Já descobri tudo! Já descobri a razão do "delito" do Visconde...

Todos se voltaram para ela.

— O Visconde — explicou Emília — sofre do coração, como vocês muito bem sabem, e por isso se assusta com as palavras que trazem o tal Ditongo Ão. O coitado assusta-se como se o Ão fosse um tiro, ou um latido de cachorro bravo...

— É verdade! — confirmou Narizinho.

— Lembro-me que uma vez ele levou um grandíssimo tombo quando Tia Nastácia berrou da cozinha para o camarada do compadre Teodorico, que ia para a cidade: "Seo Chico, não esqueça de me trazer da venda um pão de sabão!" Aquele "pão de sabão" berrado foi o mesmo que dois tiros de espingarda de dois canos no coraçãozinho do Visconde, que estava distraído lendo a sua álgebra. O coitado caiu de costas. Lembro-me perfeitamente disso... Ele até andou de coranchim machucado uma porção de dias.

— Pois é — concluiu a boneca, radiante.

— O Visconde raptou esse Ditongo para livrar a língua de todas as palavras que dão tiros, ou que latem como cachorro bravo...

— E fez muito bem — disse Quindim.

— O maior defeito que acho nesta língua portuguesa é esse latido de cachorro, que a gente não encontra em nenhuma outra língua viva. Até a mim, que sou bicho do Congo, o Ão me assustava no começo. Trazia-me a ideia de latido de cães de caça, seguidos de homens armados de carabinas...

Como fosse ali o bairro ortográfico, Narizinho propôs que se procurasse a pessoa que tomava conta da zona.

— Quem sabe se ela sabe onde está o Visconde? — sugeriu.

— Pode ser, mas duvido muito — disse Emília.

— O Visconde ou está na cadeia, como gatuno, ou está no cemitério, enterrando o coitadinho do Ditongo. Eu bem que compreendo a ideia dele. E se ele fizer isso, vai haver a maior das atrapalhações na língua. Sem o Ão, como é que a gente se arruma para comprar um Pão? Fica Pao... E Sabão fica Sabao... E Ladrão fica Ladrao... Atrapalha a língua completamente...

# PASSEIO ORTOGRÁFICO

No bairro da ORTOGRAFIA os meninos encontraram uma dama de origem grega, que tomava conta de tudo.

— Bom dia, minha senhora! — disse Quindim fazendo uma saudação de cabeça muito desajeitada. — Trago aqui sobre o meu lombo dois meninos e uma boneca, que desejam conhecer a vida deste bairro.

— Às ordens! — exclamou a grega. — Desçam e venham ver como lido com as letras, na formação escrita das palavras.

Os meninos desceram pela escadinha de corda e rodearam-na.

Emília, lambetissimamente, tomou-lhe a bênção.

— Deus te abençoe, bonequinha — disse a Ortografia sorrindo.

Por onde começar? Narizinho teve a ideia de inquirir por que motivo ela se chamava Ortografia.

— Meu nome é grego e formado de duas palavras gregas — Orthos e Graphia. Orthos quer dizer "correta" e Graphia quer dizer "escrita". Sou, portanto, a Escrita Correta, ou a que ensina a escrever corretamente.

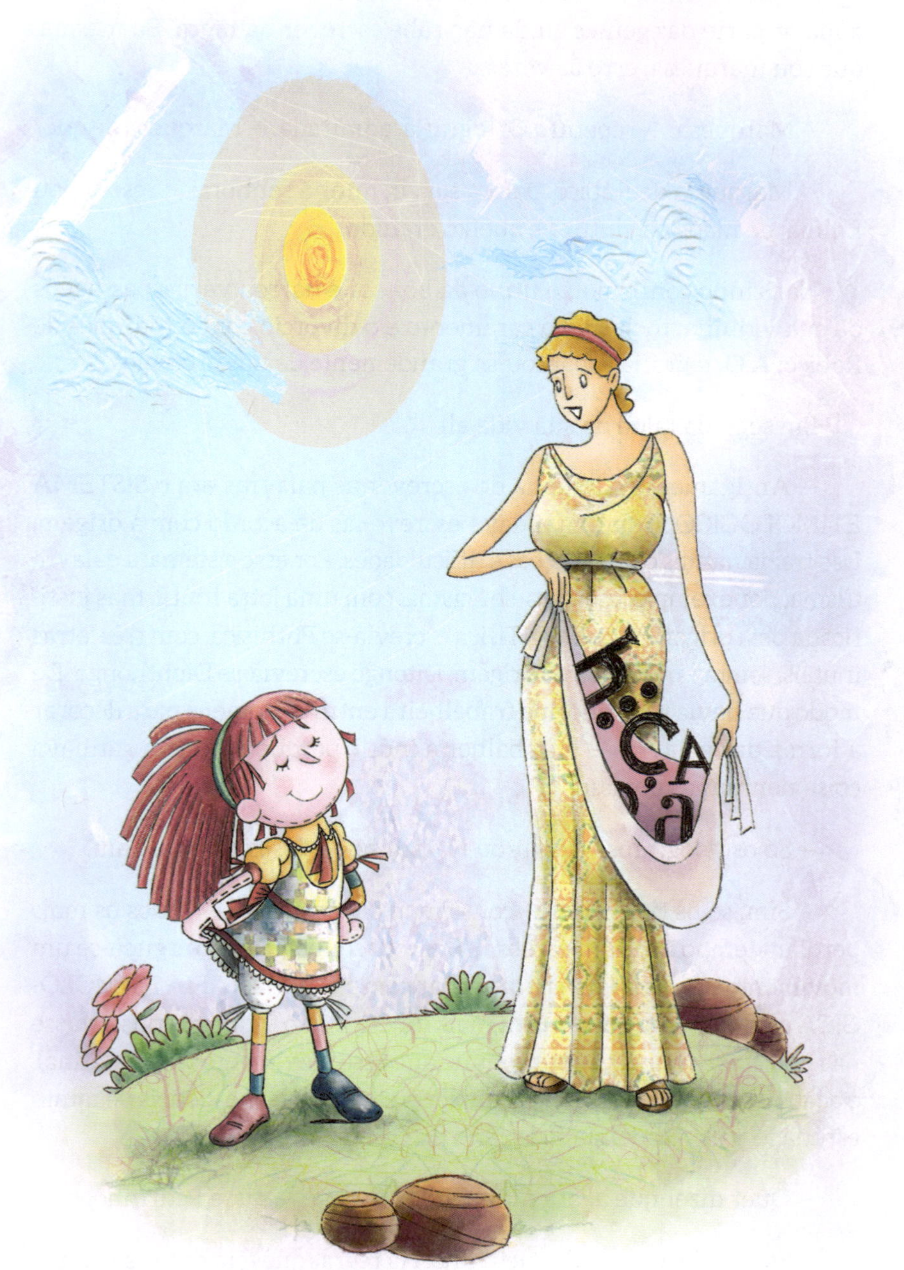

— Pois a senhora precisa trabalhar muito — disse Emília —, porque a maior parte das gentes ainda não sabe escrever na regra. Eu mesma, que sou marquesa, erro às vezes...

— Marquesa? — repetiu a Ortografia, admirada. — Marquesa de quê?

— Marquesa de Rabicó, para a servir, minha senhora! — respondeu Emília, de mãos na cintura e queixo erguido.

Narizinho confirmou o título da boneca e narrou várias passagens da sua vidinha, inclusive o casamento e o divórcio com o Marquês de Rabicó. A Ortografia espantou-se grandemente de tais prodígios.

Em seguida falou da sua vida ali.

— Antigamente o sistema de escrever as palavras era o SISTEMA ETIMOLÓGICO, o qual mandava escrevê-las de acordo com a origem. Isso trazia muitas complicações e dificuldades. Por esse sistema, a palavra Cisma, por exemplo, escrevia-se Scisma, com uma letra inútil, mas justificada pela origem. A palavra Tísica escrevia-se Phthisica, com três letras inúteis, sempre por causa da origem. Ditongo escrevia-se Diphthongo. De modo que havia uma enorme trabalheira entre os homens para decorar a forma das palavras — e trabalheira inútil, porque ninguém ganhava coisa nenhuma com isso.

— Só os tipógrafos — lembrou Narizinho. — Esses engordavam.

— Sim, só os tipógrafos — confirmou a Ortografia. — Todos os mais perdiam tempo e fósforo cerebral. Em consequência disso ergueu-se um movimento para mudar — para acabar com a ORTOGRAFIA ETIMOLÓGICA e pôr em lugar dela outra mais fonética, isto é, que só conservasse nas palavras as letras que se pronunciam. Esse movimento venceu, afinal, e acabou sendo sancionado por um decreto do governo, depois de muito estudado pela Academia Brasileira de Letras.

— Quer dizer que agora ninguém mais erra? — disse Pedrinho.

— Está muito enganado, meu filho. Há regras que têm de ser seguidas, e os que se afastarem dessas regras erram. Mas tudo se torna muito mais simples e lógico. Eu gostei da mudança, confesso — mas a minha amiga, a velha Ortografia Etimológica, está furiosíssima. Não se conforma com a simplificação das palavras.

A dama grega levou os meninos para sua casa, onde havia uma bela coleção de letras e sinais gráficos.

— As letras vocês já conhecem — disse ela. — São as do Alfabeto. Deste lado tenho as MAIÚSCULAS; e daquele lado, as MINÚSCULAS. Aqui nesta gaveta guardo os ACENTOS e outros sinais.

— Quando é que a senhora emprega as Maiúsculas? — indagou Pedrinho.

— Ponho em Maiúsculo todas as primeiras letras das palavras que abrem os Períodos, e também escrevo em Maiúsculo a primeira letra de todos os Nomes Próprios.

— Só? — perguntou Narizinho.

— Não. Uso Maiúsculas também nos títulos, como Vossa Senhoria, Senhor Doutor, etc. E nos Epítetos, ou Alcunhas dos homens célebres, como Napoleão, o Grande; Guilherme, o Taciturno; o Tiradentes, etc. Uso-as nas palavras que designam divindade, como: o Eterno, o Todo-Poderoso. Uso-as em certos Nomes Abstratos, quando aparecem sob forma de pessoas, como nesta frase: O monstro vinha escoltado pela Ira, pela Traição e pelo Ciúme. Uso-as para os pontos cardeais, quando designam regiões, como nestas frases: Os povos do Oriente; Os mares do Sul. Mas digo sem Maiúscula: O oriente da China, porque aqui oriente significa apenas uma direção geográfica. Pela mesma razão também digo: O norte do Brasil.

— E os tais Acentos? — perguntou o menino.

— Acentos, lido com dois — o AGUDO (') e o CIRCUNFLEXO (^). E ainda lido com outros sinaizinhos aparentados com os Acentos, como o TIL (~), o APÓSTROFO ('), a CEDILHA (,), que é uma caudinha no C, e o HÍFEN, ou o TRAÇO DE UNIÃO (-)²⁶. Introduziram-se na língua outros Acentos, como o acento grave (`), muito usado pelos franceses, e ainda o TREMA (¨)²⁷. Sou contra isso: quanto menos Acentos houver numa língua, melhor. A língua inglesa, que é a mais rica de todas, não se utiliza de nenhum Acento. Os ingleses são homens práticos. Não perdem tempo em enfeitar as palavras com bolostroquinhas dispensáveis.

— Muito bem! — disse Emília, que tinha gana em Acentos. — Gosto de ouvir uma grande dama como a senhora falar assim, porque é exatamente como penso. Essas pulgas só servem para nos tomar tempo. Acho que só devem ser usados quando forem necessários, para evitar confusão. Hoje, escreve-se êle²⁸ e há, com Acentos. Acho desnecessário, porque, com ou sem Acentos, só há um jeito de pronunciar essas palavras. E as letras? Fale das letras.

— Entre as letras — continuou a Senhora Ortografia —, uma das mais curiosas é o H. O diabinho por si só não tem som nenhum, mas ligado a outras letras produz sons especiais. No começo duma palavra é o mesmo que não existir. Em Homem, Hoje ou Haver, por exemplo, tanto faz existir o H como não existir.

— Então, por que continua o H nessas palavras? — indagou o menino.

— Porque elas são filhas de palavras latinas que também se escreviam com H, e todo o mundo está acostumado. Se fôssemos escrever Omem, haveria um berreiro de protestos... Mas quando o H se liga ao C, ele chia que nem pingo d'água em chapa de fogão, como em Machado, Achar, Chá, China. E se se liga a um L, ou a um N, produz um som que os gramáticos chamam Palatal, como nas palavras Alho, Trilho, Cunha, Vinho. Na Antiga Ortografia também se ligava ao P para dar um som igual ao F, como em Phosphoro, Philosopho, Phantasia.

---

26  Atualmente denominado hífen.
27  A última reforma ortográfica eliminou o Trema.
28  Quando Lobato escreveu este livro "ele" ainda se escrevia com acento.

Emília ficou muito tempo de prosa com a dama grega, aprendendo as regras da Nova Ortografia.[29] Por ela soube que a Senhora Ortografia Etimológica tinha residência num bairro próximo, onde todas as palavras continuavam a trajar pelo sistema antigo.

— A Ortografia Etimológica entrincheirou-se lá, furiosa da vida, e não admite que ninguém toque na vestimenta das suas palavras. Essa boa velha sustenta as modas antigas. Palavras que vieram do latim com letras dobradas, ela as conserva direitinhas. Não admite mudanças.

— A boba! — exclamou Emília, com toda a irreverência. — Se tudo na vida muda, por que as palavras não haveriam de mudar? Até eu mudo. Quantas vezes não mudei esta carinha que a senhora está vendo?

— Muda de cara, como? — indagou Dona Ortografia, franzindo a testa.

— Sei lá. Mudo. Ou, antes, eles mudam a minha cara.

— Quem são eles?

— Esses diabos que desenham minha figura nos livros. Cada qual me faz de um jeito, e houve um tal que me fez tão feia que piquei o livro em mil pedacinhos.

— Pois é uma grande injustiça — declarou a dama. — Na minha opinião, você é uma bonequinha encantadora.

— E sabe que sou também um pocinho de it? — acrescentou Emília, piscando.

Narizinho puxou-a por um braço. Era demais aquele assanhamento.

---

[29] A Nova Ortografia a que o autor se refere é a reforma de 1911 estabelecida em Portugal.

# EMÍLIA ATACA O REDUTO ETIMOLÓGICO

Emília dirigiu-se sozinha para o bairro onde a Ortografia Etimológica se havia entrincheirado.

— Onde está a interventora disto por aqui? — perguntou a uma sentinela com dois LL, porque ali todas as palavras se conservavam vestidas à moda de dantes.

— Naquela casinhola feita de raízes gregas e latinas — respondeu a sentinela.

A boneca encaminhou-se para a casinha e bateu na porta um *toque*, *toque*, *toque* enérgico.

— Entre! — gritou uma voz fanhosa.

Emília entrou e deu com uma velha de nariz de papagaio e ar rabugentíssimo, que tomava rapé em companhia dum bando de velhotes mais rabugentos ainda, chamados os Carranças.

— Com que então — foi dizendo a boneca — a senhora está de briga com a ORTOGRAFIA SIMPLIFICADA e não admite que estas pobres palavras se vistam pelo figurino moderno?

— Sim — rosnou a velha. — As palavras sempre usaram este modo de vestir, e eu não "admito" que de um momento para outro mudem e virem aí umas sirigaitas "fonéticas". As palavras têm uma origem e devem trajar-se de modo que quem as lê veja logo donde procedem.

— Tudo isso está muito bem — replicou Emília —, mas a senhora sabe que existe uma contínua mudança nas coisas. As palavras, como tudo mais, também têm de mudar. Quindim já me explicou isso.

— Mas mudam lentissimamente — declarou a velha —, e não assim do pé para a mão, como querem os reformadores. Mudam por si, e não por vontade dum grupo de homens.

— A senhora canta muito bem, mas não entoa. Talvez tenha até carradas de razão. Entretanto, ignora a maçada que é para as crianças estarem decorando, um por um, o modo de se escreverem as palavras pelo sistema antigo. Os velhos Carranças é natural que estejam do seu lado, porque já aprenderam pelo sistema antigo e têm preguiça de mudar; mas as crianças estão aprendendo agora e não há razão para que aprendam pelo sistema velho, muito mais difícil. Eu falo aqui em nome da criançada. Queremos a Ortografia Nova porque ela nos facilita a vida. Quanto menos complicações, melhor. Por isso vim cá conversar com as palavras para conhecer-lhes a opiniãozinha.

— Quem governa as palavras sou eu, e só eu falo em nome delas.

— Pois a sua opinião de modo nenhum me interessa. Eu já a conheço. Quero agora conhecer a opinião das palavras, está ouvindo? Se elas pensarem como a senhora, nesse caso já não está aqui quem falou. Mas se pensarem como eu, ah, então a senhora tem de ver fogo com o meu Quindim...

— Quem é esse Quindim? — perguntou a velha, de testa franzida.

— A senhora saberá no momento oportuno, com um P só, está ouvindo? E agora, com ou sem sua licença, vou conversar com as palavras deste acampamento.

A velha ficou de tal modo desnorteada com a rompância de Emília que nem pôde abrir a boca com dois CC. Limitou-se a botar-lhe a língua (uma língua muito preta) e a recolher-se, batendo a porta.

Emília acenou para uma das palavras que andavam por ali. Era a palavra Sabbado, com dois BB.

— Senhor Sabbado, venha cá. Sabbado aproximou-se.

— Diga-me: por que é que traz no lombo dois BB quando poderia passar muito bem com um só?

Sabbado olhou para o lado da casinha da velha, com expressão de terror nos olhos.

Emília viu que ele estava com medo de manifestar-se livremente, e levou-o para mais longe dali. Sabbado então disse:

— É por causa da bruxa velha. Como venho do latim Sabbatum, que, por sua vez, veio do hebraico Sabbat, ela não consente que eu me alivie deste B inútil. Há séculos que trago no lombo semelhante parasito, que nenhum serviço me presta.

— Quer dizer que para você seria muito melhor andar com um B só?

— Está claro! O meu sonho é ver-me livre deste trambolho. Mas a velha não deixa...

Emília arrancou-lhe o B inútil e disse:

— Pois fique com um B só. A velha está caducando e só olha para os interesses de si própria e dos Carranças que lhe vêm filar o rapé. Estou aqui representando os interesses das crianças, que constituem o futuro da humanidade — e as crianças preferem Sábados com um B só. Vá passear e nunca mais me ponha o segundo B!...

A palavra simplificada saiu lampeiríssima, pulando que nem um cabritinho novo que pilha aberta a porta do curral. Sentia-se leve, leve.

Emília chamou outra palavra. Veio a palavra Sceptro.

— Como é a pronúncia do seu nome? — perguntou-lhe.

— Cetro — respondeu ela.

— Então por que traz esse S e esse P inúteis?

— Ordens da velha.

— Só por causa disso ou também porque sente prazer em trajar-se assim?

— Que prazer poderei sentir em levar vida de burro de carga? Pensa que letra inútil não pesa? Sou um Sceptro bem pesado...

Emília arrancou as duas letras inúteis e mandou Cetro passear — e lá se foi ele, pulando que nem tico-tico.

— E diga às suas companheiras de peso inútil que façam o mesmo — recomendou Emília, de longe. — Que botem no lixo as letras mudas.

Depois chamou outra palavra. Veio Thesouro.

— Para que esse H aí dentro?

— Isto é um enfeite etimológico, que a velha exige.

— Fora com ele! Acabou-se o tempo dos enfeites etimológicos. A velha não manda mais. E diga a todas as palavras com HH inúteis que se limpem disso.

— E as de H no começo?

— Essas ficam assim mesmo. E olhe: também não fica o H dentro da palavra quando se trata de palavra composta, como Desabitar, que é composta de Des e Habitar. Excetuando aquele caso, olho da rua com todos os HH mudos! Vá!...

Emília chamou outra. Veio Machina.

— Como é o seu nome, Máquina ou Machina?

— Máquina. Este meu CH tem o som de Q.

— Então por que não o troca duma vez por um Q?

— A velha não deixa. Diz que eu sou uma palavra de origem grega, e que no grego o CH vale Q. É a Etimologia...

— Sebo para a Etimologia. Bote fora o CH e passe a usar o Q — e diga a todas as suas companheiras de CH que façam o mesmo. Chispa!...

Emília chamou outra. Veio Kágado.

— Esse K que você usa não tem o mesmo som de CA? — perguntou ela.

— Tem, sim...

— Pois então bote fora o K e vista o CA. Desde que o tal K tem o mesmo som de CA, ele é demais na língua e deve ser expulso do Alfabeto. Avise todos os KK que o tempo deles se acabou. Suma-se!... O velho Kágado lá se foi, de nariz comprido, achando muito perigosa aquela sua transformação em Cágado...

— Não fica bonito — murmurou Emília ao vê-lo afastar-se — mas simplifica. Estamos na era da simplificação.

Depois chamou outra. Veio Wagão.

— Que letra é essa que você usa no frontispício? — perguntou.

— É o W, ou Dabliú, uma letra do Alfabeto inglês que vale por dois vv entrelaçados. Letra muito importante em Anglópolis, mas pouco usada aqui.

— Pois não há mais Dabliú em português[30], sabe? Foi expulso do nosso Alfabeto. Troque-o por um V e raspe-se!...

E lá se foi Wagão, transformado em Vagão, rolando muito mais leve sobre os seus trilhos.

Emília chamou outra. Veio Pery.

— Que Y é esse que você usa em vez do I comum? — perguntou-lhe.

— Todas as palavras de origem tupi, como eu, sempre foram escritas assim, com Y.

— Mas os índios tinham linguagem escrita?

— Não. Só a tinham falada.

— Nesse caso não há razão nenhuma para vocês andarem a fingir-se de gregas usando esse Y. Tire isso e bote um I simples. Avise a todas as mais para que façam o mesmo. Rua!...

Emília chamou outra. Veio a palavra Phosphoro, e com ela a palavra Phthisica.

— Como se lê o seu nome? — perguntou Emília a Phosphoro.

— Lê-se Fósforo. O meu PH soa como F.

— Então não seja idiota. Use F que até acenderá melhor, e não complicará a vida das crianças. Avise os seus colegas que o PH morreu para sempre. Roda!...

— E a senhora? — disse depois, dirigindo-se a Phthisica. — Sabe que

---

30  A última reforma reintroduziu as letras K, W e Y ao alfabeto.

está tuberculosa de tanto carregar letras inúteis? Liberte-se dos parasitos do corpo que garanto a sua cura. Suma-se!...

Emília chamou outra. Veio a palavra Inglez.

— Meu caro — disse ela —, acho que você está muito bem assim, com esse Z atrás. Mas o governo fez um decreto expulsando os zz de inúmeras palavras, de modo que a sua forma daqui por diante vai ser Inglês. Eu lamento muito, mas lei é lei...

Inglez, transformado em Inglês, lá se foi, teso como um cabo de vassoura, sem sequer murmurar um Yes.

Emília chamou outra. Veio Egreja.

— Saiba que foi resolvido que de agora em diante todas as palavras que uns escreviam com E e outros com I serão escritas unicamente com I. Escrevê-las com E fica sendo erro.

— E por que decidiram conservar o I em vez de mim? — protestou o E de Egreja.

— Não sei, nem quero saber — respondeu a boneca. — Resolveram assim e acabou-se. Tiraram a sorte, com certeza — ou então o I soube apadrinhar-se melhor. Vá embora!...

Emília chamou outra. Veio Prompto.

— Não há mais P mudo dentro das palavras. Fora com esse e suma-se!...

E Prompto lá se foi, muito sem jeito, transformado em Pronto.

Emília chamou outra. Veio a palavra Cançar.

— Uns escrevem você com S e outros com Ç. Ora, isso constitui uma trapalhada e portanto foi decidido que todas as palavras nessas condições passem a ser escritas só com S. Roda!...

Emília chamou outra. Veio a palavra Maçan.

— Tire o AN — disse a boneca. — Ponha Ã e vá avisar a todas da mesma família. E diga às terminadas em AM que a moda agora é Ão.

Emília chamou outra. Veio a palavra Pao.

— Avise às suas companheiras de que os Ditongos Ai, Au e Oi, só se escreverão dora em diante assim, e não Ae, Ao e Oe. Foi resolvido e acabou-se, entende? Palavras como Pao, Ceo, Chapeo, etc, passam a escrever-se Pau, Céu, Chapéu. E nada de rezinga. Manda quem pode. Suma-se!

— E eu como fico? — murmurou a palavra Rio, aproximando-se.

— Você fica assim mesmo, boba! O seu final Io nunca foi Ditongo, não sabe disso? Roda! Venha outra.

Apresentou-se a palavra Geito.

— Uns escrevem você com G e outros com J — disse a boneca. — Fique sabendo que a moda agora é com J, e quem a escrever com G vai para o xadrez. Pode ir.

— E eu, como fico? — disse a palavra Magestade, apresentando-se com todo o orgulho.

— Você também fica com J, porque o J aí é etimológico, isto é, vem desde que você nasceu.

— E eu? — disse a palavra Giboia, silvando como fazem as cobras.

— Você fica com J porque é de origem americana. Se fosse africana também ficaria com J, como aquela que lá vai — e apontou para a palavra Quijila, que andava passeando muito lampeira.

— Venha outra.

Aproximou-se a palavra Amal-o.

— O governo — disse Emília — resolveu que doravante você e suas companheiras devem ser escritas assim — Amá-lo. Vá avisar às outras.

— Mas isso é um absurdo! — protestou Amal-o. — Eu...

Emília arrumou-lhe com o decreto do governo na cabeça, gritando:

— Vá avisar as outras e não me aborreça. Chispa!

Amal-o, transformado em Amá-lo, lá se foi com um galo na testa, fungando.

Emília chamou a palavra Subscrever, que estivera assistindo à cena.

— Como é que a senhora divide as suas sílabas? — perguntou-lhe.

— Divido-as pelo sistema etimológico, assim: sub-scre-ver.

— Pois vai mudar isso. De hoje em diante dividirá deste modo: Subs-cre-ver. As razões etimológicas acabaram-se. Estamos em tempo de fonéticas. A divisão das sílabas será de acordo com a fonética, ou com os sons apenas. Vá avisar a todas. Já!...

Subscrever saiu correndo.

— E pronto! — exclamou Emília dando um pontapé no montinho de KK e YY e CH e mais letras mudas e dobradas que ficaram no chão. — Prontérrimo! Quero agora ver a cara da tal Ortografia Etimológica...

E viu. Logo depois a velha deixou a casinha de raízes e veio passar em revista as palavras do acampamento.

Assim que avistou o Sábado com um B só, o Cetro sem o S e o P etimológicos, e Máquina sem CH, teve um faniquito. Depois berrou, arrancou os cabelos e apelou para os Carranças que havia deixado na casinha tomando pitadas de rapé.

— Acudam! Corram todos aqui!...

Os Carranças acudiram, espirrando *atchim!* e a assoarem-se em grandes lenços vermelhos.

— Venham ajudar-me a "endireitar" as palavras que a pestinha da boneca estragou.

A primeira vítima foi Sábado, que entre berros teve de abrir a barriga para receber o B arrancado pela Emília.

O coitadinho já se habituara a viver sem a letra inútil, de modo que resistiu e pôs a boca no mundo.

Emília, que estava observando a cena, teve dó dele. Chamou Quindim e disse-lhe:

—Vamos, Quindim! Avance e espalhe aqueles peludos complicadores da língua. Chifre neles!...

O rinoceronte não esperou segunda ordem. Avançou de chifre baixo, a roncar que nem locomotiva.

Os Carranças sumiram-se como baratas tontas, e a velha Ortografia Etimológica, juntando as saias, trepou, que nem macaca, por uma árvore acima.

Emília ria-se, ria-se.

Depois gritou-lhe:

— Você, sua diaba, viveu muito tempo a complicar a vida das crianças sem que nada lhe acontecesse. Mas agora tudo mudou. Agora estou eu aqui — e o Quindim ao meu lado! Quero ver quem pode com esse "binômio gramatical"...

Depois da tremenda revolução ortográfica da Emília, o Brasil ficou envergonhado de estar mais atrasado que uma bonequinha e resolveu aceitar as suas ideias.

E o governo e as academias de letras realizaram a reforma ortográfica. Não saiu coisa muito boa, mas serviu. Infelizmente cometeram um grande deslize: resolveram adotar uma porção de acentos absolutamente injustificáveis.

Acento em tudo! Palavras que sempre existiram sem acentos e jamais precisaram deles, passaram a enfeitar-se com esses risquinhos.

O coitado do "ha" do verbo haver, passou a escrever-se com acento agudo — "há", sem que nada no mundo justificasse semelhante burrice. E introduziram acentos novos, como o tal acento grave (`), que, por mais que a gente faça, não distingue do acento agudo (´). O "a" com crase passou a "à", embora conservasse exatamente o mesmo som! E apareceu até um tal trema (¨), que é implicantíssimo.

A pobre palavra "frequência", que toda a vida foi escrita sem acento nenhum, passou a escrever-se assim: "freqüência"!...

Emília danou.

— Não quero! Não admito isso. É besteira da grossa. Eu fiz a reforma ortográfica para simplificar as coisas, e eles com tais acentos estão complicando tudo. Não quero, não quero e não quero.

Quindim interveio.

— Você tem razão, Emília. A tendência natural duma língua é para a simplificação, por causa da grande lei do menor esforço. Se a gente pode fazer-se perfeitamente entendida dizendo, por exemplo, "tísica", por que dizer "phthisica" como nos tempos da ortografia etimológica? A forma "tísica" entrou na língua por efeito da lei do menor esforço. Mas a tal acentuação inútil vem contrariar essa lei. Em vez de simplificar, complica. Em vez de exigir menor esforço, exige maior esforço. Logo, é um absurdo.

— Mas é obrigatório hoje escrever-se assim, com dez mil acentos — observou Pedrinho.

Quindim não concordou.

— *Est modus in rebus* — disse ele. — A língua é uma criação popular na qual ninguém manda. Quem a orienta é o uso e só ele. E o uso irá dando cabo de todos esses acentos inúteis. Note que os jornais já os mandaram às favas, e muitos escritores continuam a escrever sem acentos, isto é, só usam os antigos e só nos casos em que a clareza os exige. Temos, por exemplo, "fora"" e "fôra"[31]. O acento circunflexo serve para distinguir o "fora" advérbio do "fôra" verbo. Nada mais aceitável que esse acento no O. O que vai acontecer com a nova acentuação é isso: as pessoas de bom senso não a adotam e ela acaba sendo suprimida. O uso aceita as reformas simplificadoras, mas repele as reformas complicadoras.

Emília ficou radiante com as explicações de Quindim e pôs em votação o caso. Todos votaram contra os acentos, inclusive Dona Benta, a qual declarou peremptoriamente:

— Nunca admiti nem admitirei imbecilidades aqui em casa!

---

31  De fato, havia essa diferença à época em que Lobato escreveu o livro.

# EPÍLOGO

Quando Emília voltou para onde se achavam os meninos, viu-os em preparativos para o regresso. Estavam com uma fome danada.

— E o Visconde? — indagou ela. — Apareceu?

— Está aqui, sim — respondeu Pedrinho —, mas nega a pés juntos que haja furtado o Ditongo.

Emília aproximou-se do velho sábio, que tinha uma bochecha inchada de dor de dente.

— Então, onde está o Ditongo, Senhor Visconde? — interpelou ela, de mãozinha na cintura e olhar firme.

O pobre fidalgo pôs-se a tremer, todo gago.

— Eu... eu...

— Sim, o senhor mesmo! — disse Emília com vozinha de verruma. — O senhor raptou o Ditongo Ão e escondeu-o em qualquer lugar. Vamos. Confesse tudo.

— Eu... eu... — continuava o fidalgo, que não sabia lutar com a boneca.

Emília refletiu uns instantes. Depois agarrou-o e fê-lo abrir a boca à força. O Ditongo furtado caiu no chão...

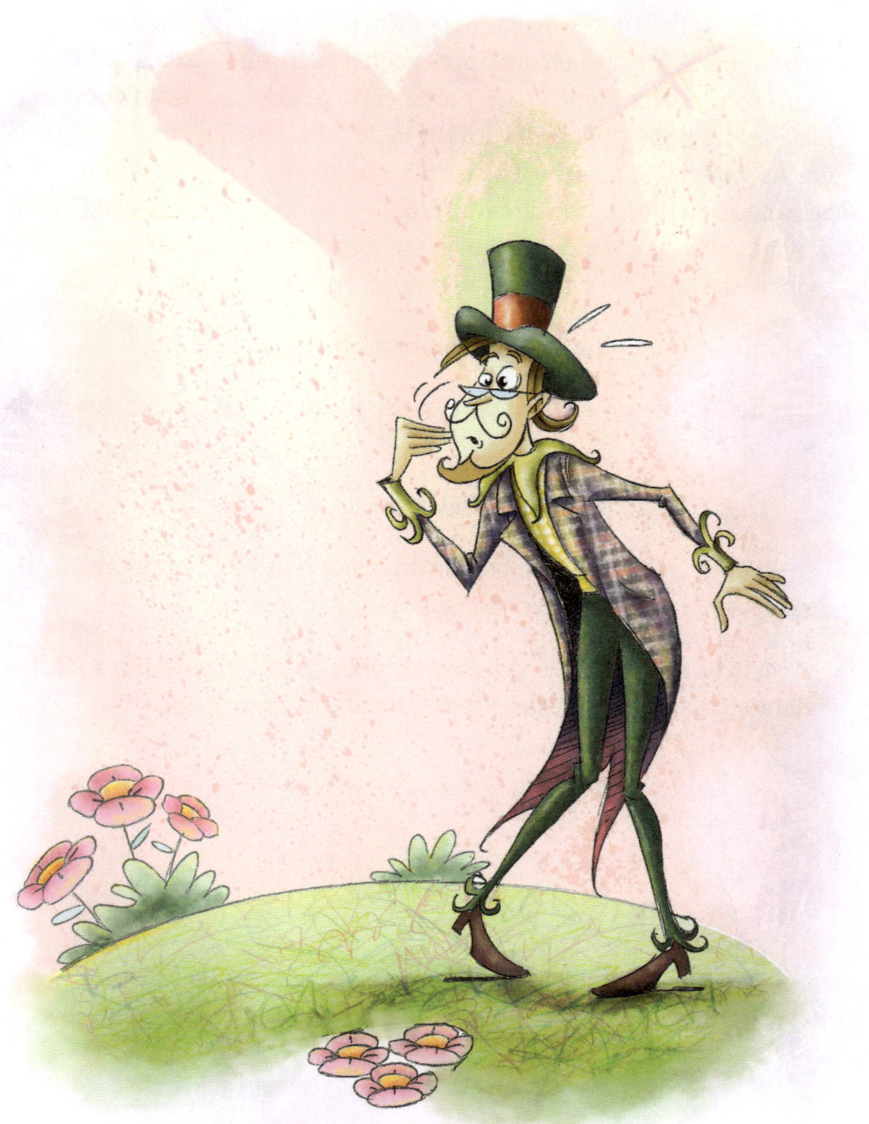

— Vejam! — exclamou Emília, vitoriosa. — Ele tinha escondido o pobre Ditongo na boca, feito bala. Que vergonha, Visconde! Um homem da sua importância, grande sábio, ledor de álgebra, a furtar Ditongos...

— Eu explico tudo — declarou por fim o Visconde, muito vexado. — O caso é simples. Desde que caí no mar, naquela aventura no País da Fábula[32] fiquei sofrendo do coração e muito sujeito a sustos. Ora, este Ditongo me fazia mal. Sempre que gritavam perto de mim uma palavra terminada em Ão, como Cão, Ladrão, Pão e outras, eu tinha a impressão dum tiro de canhão ou dum latido de canzarrão. Por isso me veio a ideia de furtar o maldito Ditongo, de modo que desaparecessem da língua portuguesa todos esses latidos e estouros horrendos. Foi isso só. Juro!

Emília ficou radiante de haver adivinhado.

— Eu não disse? — gritou para os meninos. — Eu não disse que devia ser isto?

E para o desapontadíssimo fidalgo:

— Pegue o Ditongo e vá botá-lo onde o achou. Você não é Academia de Letras para andar mexendo na língua...

Meia hora mais tarde já estavam todos no sítio, contando ao Burro Falante o maravilhoso passeio pelas terras da Gramática.

---

32  *Reinações de Narizinho.*

FIM

## O ilustrador

Jótah (José Roberto de Carvalho) é autor e ilustrador de livros infanto-juvenis. Suas ilustrações também estão em clássicos da literatura mundial como *Macbeth*, de William Shakespeare, *A Ilha do Tesouro*, de Robert Louis Stevenson, *Triste Fim de Policarpo Quaresma*, de Lima Barreto, e *Os Miseráveis*, de Victor Hugo.

Colaborou, ainda, em realizações do cinema (*Aladim*, da Disney, *Turma da Mônica*, entre outros) e da televisão, com destaque para o programa *RÁ-TIM-BUM*.

"Todo ilustrador sonha em ter a oportunidade de ilustrar os contos escritos por Monteiro Lobato, comigo não foi diferente. Imediatamente lembrei da canastra da Emília. Peguei o baú onde guardo meus materiais de desenho: lápis, canetinhas, tintas de todas as cores, papéis e comecei a desenhar... A Emília, o Visconde, o Marquês de Rabicó e, claro, entre tantos, a Narizinho. Rapidinho tudo ficou pronto. Voltei a ser criança", conta Jótah.